精彩启迪智慧丛书

高尔夫球

击落

战斗机

颜煦之◎主编

台海出版社

图书在版编目（CIP）数据

高尔夫球击落战斗机：灾难故事 / 颜煦之主编． —北京：台海出版社，2013．7

（精彩启迪智慧丛书）

ISBN 978-7-5168-0187-1

Ⅰ．①高…Ⅲ．①颜…Ⅲ．①故事—作品集—世界Ⅳ．①I14

中国版本图书馆CIP数据核字（2013）第132684号

高尔夫球击落战斗机：灾难故事

主　　编：颜煦之

责任编辑：姜　航
装帧设计：视界创意　　　　　版式设计：钟雪亮
责任校对：李永娜　　　　　　责任印制：蔡　旭

出版发行：台海出版社
地　　址：北京市朝阳区劲松南路1号，　邮政编码：　100021
电　　话：010—64041652（发行，邮购）
传　　真：010—84045799（总编室）
网　　址：www.taimeng.org.cn/thcbs/default.htm
E-mail：thcbs@126.com

经　　销：全国各地新华书店
印　　刷：北京一鑫印务有限责任公司
本书如有破损、缺页、装订错误，请与本社联系调换

开　　本：710×1000　　1/16
字　　数：178千字　　　　　　印　张：12
版　　次：2013年7月第1版　　印　次：2021年6月第3次印刷
书　　号：ISBN 978-7-5168-0187-1

定价：29.60元

目录 MU LU

前言 QIANYAN

　　这套丛书，是供青少年朋友课外阅读的。1000多篇故事，分门别类，篇篇精彩。这些故事，或记之于史册，或见之于名著，或流传于口头。编著者沙里淘金，精益求精，从中挑选。有的以历史事件为依据，加以整理；有的以世界名著为蓝本，加以编写；有的以民间传说为素材，加以改编。每篇故事1000余字，由专业作家和写故事的高手执笔，力求语言通俗，篇幅简短，情节丰富，适合青少年朋友阅读。

　　这里有惊险故事：冒险、历险、探险、遇险、抢险、脱险……险象环生，扣人心弦。这里有战争故事：海战、陆战、空战、两栖战、电子战、攻坚战、防御战、游击战……声东击西，出奇制胜，刀光剑影，短兵相接，其残酷激烈，使人居安思危，警钟长鸣。这里有间谍故事：国际间谍、商业间谍、工业间谍、军事间谍、双重间谍……敌中有我，我中有敌，真真假假，以假乱真，间谍与反间谍的斗争，昏天黑地，扑朔迷离。这里有传奇故事：奇人、奇事、奇景、奇物、奇技、奇艺、奇趣、奇迹……奇风异俗、奇闻轶事、奇珍异宝、自然奇观，令人目不暇接，大开眼界。这里有侦探故事：奇案、悬案、冤案……在神探、法医、大律师、大法官们的侦察、分析、推理下，桩桩疑案，终于大白于天下，罪犯都被绳之以法。这里有灾难故事：天灾人祸、山崩地裂、洪水漫野、飞蝗满天、瘟疫流行、政治谋杀、宫廷政变、劫持人质……在这些自然和人为的灾难中，涌现出一批英雄豪杰，他们舍生忘死，力挽狂澜，令人起敬。这里有武侠故事：大侠、神侠、女侠、飞侠……飞檐走壁，武艺高强，他们伸张正义，赴汤蹈火，为民除害，令人扬眉吐气，心里痛快。这里有智慧故事：记录了古今中外思想家、政治家、军事家、企业家、教育家、科学家、艺术家，以及千千万万平凡人物的聪明才智。这里有动物故事：写出了人与动物间的情谊和恩恩怨怨，诉说了人类对一些动物的误解与偏见，也写出了动物的生活习性，写出了动物间的生存竞争，表达了人们爱护动物、善待大自然的美好愿望。这里有科学故事：科学试验、科学发明、科学发现、科学探险……写出了古今中外大科学家们的科研经历，写出了他们为人类文明和社会发展所做的不懈努力，颂扬了他们的丰功伟绩。

这1000多篇故事，向广大青少年朋友展示了海洋、沙漠、丛林、沼泽、冰峰、峡谷、太空、洞穴等大自然的奇异景象和神秘莫测。这些故事，写出了恐惧、孤独、饥饿、寒冷、酷热、疾病、伤残……这些人类难以忍受的苦难。这些故事，向青少年朋友介绍了战场、商场、议会大厅、密室……这些地方所上演的一幕幕悲剧、喜剧或闹剧，展示了正义与邪恶的较量、正义战胜邪恶的经历。这些故事，表现出人的智慧和勇敢，颂扬了人的意志和力量。

这1000多篇故事，为青少年朋友塑造了许多有血有肉、可歌可泣的英雄形象，他们在这些故事中所表现出的聪明才智和顽强毅力，能使广大青少年朋友开阔视野，学到知识，增长才干。他们那种不畏艰险、一往无前的精神，更能给广大青少年朋友增添拼搏的勇气和人格的力量。

高尔夫球击落战斗机

1988年，西非贝宁共和国空军耗资1 000多万美元，从外国买来了一架新式战斗机。然而在试飞中，飞机竟意外地被一枚小小的高尔夫球"击落"，撞上一座28层的医院大楼，造成了贝宁共和国建国以来最大的一次灾难。

一天上午，阳光灿烂，在家闷了3天的马蒂厄巴叫上好朋友维拉比，骑上自行车来到了设在军用机场旁边的高尔夫球场。

马蒂厄巴和维拉比都是高尔夫球迷。两人都24岁了，仍没找到工作，在家里经常遭到父母的责骂。为了散心，他俩常结伴来打高尔夫球。一踏进球场，他们就把所有的烦恼都忘了。

他俩你一局，我一局，左一杆，右一杆，打出了不少好球，玩得开心极了，谁也没有注意到身边军用机场上的事。

此时，军用机场跑道上停着一架银光闪闪的新式战斗机。在指挥台上，不少空军高级将领正全神贯注地注视着跑道。他们为自己的国家拥有这架新式战斗机而高兴，都想亲眼目睹今天的试飞。

不一会儿，飞行员艾拉·宁德伊出现在跑道上，他远远地朝指挥台上的将领们行了个军礼，然后登上战斗机。

片刻，一阵发动机响声过后，战斗机腾空而起。

就在这一瞬间，高尔夫球场上，马蒂厄巴"啪"地一杆将球击向天空。"好球！"一旁的维拉比大声地为马蒂厄巴喝彩。

球划过一道弧线，在空中疾飞。不料，这球竟鬼使神差地击中一只飞行中的雀鸟。雀鸟一声惨叫，受了重伤，它晃动了几下便落了下来，正巧撞在刚刚起飞的战斗机的挡风玻璃上。

此刻，艾拉正全神贯注地驾驶飞机，根本没想到会飞来这么个东西。他只觉得一道黑影从眼前闪过，也不知是什么，心里一阵紧张，手忙脚乱地拨机转向。结果用力过猛，飞机大大地偏离了航线。飞机失控了，向市中心方向飞去。

艾拉这时意识到，飞机刚起飞，如果不尽快拨正航线，提高飞行高度，就可能撞上市里高耸入云的摩天大楼。他立刻拉动操纵杆，想把飞机的高度提起来，然后再拨正航线。然而，一切都晚了，飞机如同离弦的箭，直向28层的哥特巴兹曼医院大楼射去。

哥特巴兹曼医院是该市最高的一幢建筑物，也是该市条件最好、规模最大的一家医院。每天来这里就医的病人络绎不绝。

此时，刚上班不久，门诊部等待看病的人已排起了长队。住院部里，医护人员像平时一样，正在逐个检查病房。谁也没有料到，一场灾难正在向他们逼近。

眨眼间，飞机一头撞上了哥特巴兹曼医院的26层。"轰隆"一声巨响，浓烟冲天，火焰四起，新式战斗机转眼之间成了碎片，飞行员艾拉也在爆炸中丧生。

机场指挥台上的空军将领们被这突如其来的变化震惊，个个目瞪口呆……

哥特巴兹曼医院顿时乱成一团。飞机撞上大楼的威力如同地震一般，大楼晃了几下，26层以上的墙壁被撞塌了一半，门窗、病床、砖头，还有活生生的人，在空中四处飞散。当场就有101名医护人员和病人摔死了。

医院大楼顷刻间变成一片火海，所有的人都被这突然降临的灾难吓懵了，不知所措。

在这千钧一发之际，还是老院长卡诺维头脑清醒，他拨通火警电话后，想上楼看看究竟是怎么回事，可他经过电梯时傻眼了，里面横七竖八地躺着几个半死不活的人。原来，在飞机撞上楼的一瞬间，载着9个人的电梯正好行驶到25层，一下被飞机撞断了电缆绳，电梯"呼"地从上面掉下来。

熊熊的大火开始向下蔓延，人们像从噩梦中惊醒一样，惨叫着涌向楼梯口。

10分钟后，市消防局开来了8辆消防车。一条条巨大的水柱喷向烈火，火中不时发出"噼噼啪啪"的爆炸声。消防队员们奋不顾身冲进大楼抢救人员。两小时后，大火被扑灭了。

　　这场灾难中总共有321人遇难，478人受伤，这在贝宁的历史上是前所未有的大灾难。

　　灾难发生时，马蒂厄巴和维拉比一点也不知道，他俩还在高尔夫球场上玩得十分开心。

　　事后，哥特巴兹曼医院向法院起诉，指控空军当局为肇事者，并让其赔偿一切损失。空军当局调查之后，也向法院起诉，指控的是马蒂厄巴和维拉比，声称他俩是造成这次灾难的祸首。

　　马蒂厄巴和维拉比坚决不服，同空军当局打起了官司。

　　这场官司一直打了好久，也不见分晓。

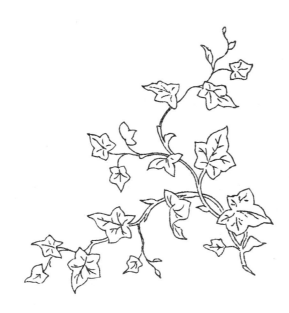

井下遇难100天

明朝年间有一座著名的产煤山，煤不但多，而且乌黑锃亮，烧起来火焰一蹿二尺高，瓦蓝瓦蓝的。

山下村民个个穷得叮当响，见老天爷这样大发善心，心里如何不喜？大伙一窝蜂地进山采煤。只是当时工具简陋，安全措施差，干采矿这一行，实在是九死一生。

即使是这样危险，村民们还是成群结队进山，日积月累，已挖了几里之深。由于矿道是任意挖的，支木又腐朽不堪，因此坍塌的事时有发生。

这不，钱家老爹钱三，三个月前才埋在里面，三个月后钱家大儿子阿寅又随大伙进矿洞去了。

且说这天阿寅在林叔叔的带领下，背了煤筐和鹤嘴锄，又进山掘矿去了。

林叔叔道："眼下好一点的几个矿都被他们占了，咱们只好拣个坍塌过的，没人敢要的矿井下啰。"

于是他们挑了一个别人丢弃的矿道，摸黑进了井道。

他们扒开坍塌的积泥和煤块，挖的挖，背的背，"乒乒乓乓"干得好不热闹。

从一早到中午，好歹也挖出了约500斤煤来。

干得正欢，阿寅猛地听见"咚咚咚"的声音。他赶忙道："林叔叔，你听，什么人在叩壁呢！"

站在他身后的阿宝道："阿寅，别吓唬人好不好？刚死过人，怪吓人的！"林叔叔道："阿寅，你没骗人吧？"阿寅侧着耳朵又听了一会儿，众人也歇下手。果然，"咚咚咚"声又起，这回清晰异常。

也就在这个时候，厚厚的煤壁后面传来一个嘶哑苍老的声音："救命……救命……快救我一命！"

阿宝平日最胆小，他随手丢下鹤嘴锄，拔腿就跑，嘴里一面大叫："有鬼！有鬼！"

倒是林叔叔胆子大，他喊道："鬼爷，你已经死了，就别来吓咱们了！咱们个个都是穷人，不来这里没饭吃，不是要故意打扰你。"

那边有好一会儿没有声音，一会儿又说起来："救……救命！我……我……是人……"

林叔叔道："你死是天数，不要再出来作祟，等我们出去了，为你多烧些纸钱！"

那人像在提神，好一会儿才瓮声瓮气道："我是洪……洪都村的钱……钱三……没有死……还活着，请救我一命！"

这"钱三"两个字说得清清楚楚。阿寅听在耳里，犹如雷轰一般。莫非爹还活着？

三个月前，爹为了一家的生计下了矿井，矿井坍塌，被压在下面……

昨天家里还为他烧了纸钱呢。

林叔叔毕竟胆子大，大着声说道："今天真是活见鬼了！——喂，我说，鬼爷，你的亲儿子就在咱们当中，你要是吓死了他，你家可要断种呢。"

那人道："……阿寅，真是……真是你吗？你快……快救我！你真这样忍心……忍心不救你的亲爹吗？"

阿寅听得果然是爹的声音，放声大哭起来，急忙挥动鹤嘴锄，死命掘了起来。

众人又惊又怕，想逃又怕丢下阿寅。

终于，林叔叔也加入了他的行列。不一会，挖出一个大窟窿来，阿寅认定那边是爹，也不多想，一头钻了进去。

不一会，只见阿寅背了他爹出来。

阿宝站得远远的，说道："我就不信不是鬼。既然背出来了，是人是鬼，只要到阳光下就分得出来。凡鬼，最怕的是太阳。阿寅，你背他出去见见阳光。若是不怕，那才真是你爹。"

背到外面一看，果真是钱三。这时他已精瘦骨立，只剩一张皮包着骨头。

众人忙不迭喂他水，给他送吃的。

问他怎么活下来的。钱三说：他被堵在里面，暗无天日，幸亏矿井里有一汪泉水，他就靠着泉水和蚂蚁、老鼠，苦苦支撑了三个月，今天昏昏沉沉中听得隔壁有掘煤的声音，他就一个劲地拿石块叩壁，终于引起了大伙的注意。

红匣子

皇甫慧刚在美国取得博士学位，新中国成立的消息便通过电波传送到了大洋彼岸。怀着一颗炽热的赤子之心，他冲破美国方面的重重阻挠回国了。

之后，他作为中国的核物理学家，曾在苏联领导下的杜布纳研究所参与科研工作，其一系列有关核聚变的理论性论文，在国际上引起高度关注。

20世纪50年代中期，核武器研制在我国已提上议事日程。而作为分管引爆、点火设计的负责人，皇甫慧很清楚自己肩上的分量。上海会议之后，他更加意识到这一点。

为争取研究时间，他想早点赶到青海珍珠滩。

只是，上海至西宁的航班尚未开通，皇甫慧只得先乘飞机到兰州，再从兰州赶赴目的地。

这天上午，皇甫慧和他的助手小顾踏上了由上海飞往兰州的航班。

皇甫慧在座位上坐定，系好安全带，然后将手里的小提箱平放在膝盖上，并用两手紧紧抓着。

小顾把自己的行李放到行李架上，并劝皇甫慧："教授，您这样放在膝盖上怪沉的，还是放到行李架上吧！"说着，伸手想去拿提箱。谁知皇甫慧把它紧抱在怀里，连声谢绝。小顾只得无奈地坐下来，心里一直在犯嘀咕。然而，坐在窗口的皇甫慧此时心潮起伏。因为这个手提箱里，装的绝非个人什物，而是有关核工程的重要材料，这些是他自己，更是众多的专家奋斗多日取得的成果。

皇甫慧抚摸着皮箱，眼里闪出激动的泪花。

忽地，皇甫慧感到自己身子轻起来，他意识到这是失重了！旁边的小顾也感觉到了，他有些惶然地看着教授。

皇甫慧转身从舷窗向外望去，只见外面雾沉沉的，能见度极低。

虽然他曾多次乘坐飞机，凭经验和直觉他都觉得飞行有异，但在无法证实之前，他不愿让小顾感觉不安。于是，他镇静地把头转回来，微笑道："别紧张，没事的。"

空中小姐仍带着一脸微笑在机舱内为大家服务，但失重的感觉还在继续。

皇甫慧稍作思索，把提箱交给小顾，说了声"小心看好"，便走到空中小姐身边，对她耳语了几句。

空中小姐听完后，神色稍变，但马上又恢复过来。她把皇甫慧带出客舱，面有难色地说道："这，这……正常，正常……"

刹那间，皇甫慧明白了。他坚定地对空中小姐说："请如实告诉我！"

"这……这……机长不让说。故障很快会排除的！你……"

"不，小姐，请你告诉机长，我这儿带有国家机密材料，很重要，涉及国家安全和利益。我想知道，你们是否有办法把它保护下来，即使真的出了事故，它也能安然无恙。"

"我，我马上去请示机长，您先请回吧！"

皇甫慧点点头，回到座位上，小顾带着疑惑问他："您刚才上哪儿了？"

皇甫慧神态凝重地说："小顾，即使飞机真的出事，我们也得尽力保护好这些材料。"

"那当然了。难道飞机真会出事吗？"小顾的脸色蓦地变白。

这时，空中小姐领着机长过来了。

"先生，请出示您的工作证。"

皇甫慧将自己的证件递了过去。

"那么，请将东西装进这个安全匣。"机长示意空中小姐将匣和钥匙交给皇甫慧。

只听机长继续说："这安全匣可以耐高温、高压，东西放在里面，您尽管放心……"

机长交代完，皇甫慧补充道："还有一件事拜托你们，请你们尽快与地面取得联系，就说如果出事，请九院保卫部的同志来处理……千万不能让这安全匣流失出去。"

"行，您放心！"机长点点头，郑重地接受了教授的嘱托。

皇甫慧启开这个红色的小盒子，让小顾打开手提箱，把里面的资料全都放进盒子里。

最后，他又从笔记本上撕下一张纸，匆匆写了几个字，也一并放进去，才把匣子小心翼翼地锁好。

小顾张张嘴，还没来得及说什么，飞机就开始急剧下降……

瞬间，地面上已是一片火海。

首先赶来的，是民航总局事故调查组成员，他们取走了那只依旧完好无损的红匣。

在接下来的清理过程中，人们实际上只能凭死者胸前挂的金属标牌来确认身份，因为尸体早已被烧得面目全非。

在这么多死难者中，只有皇甫慧和小顾是紧紧连在一起的，人们费了好大劲才把他俩分开。从教授紧紧抱住小顾的姿势，可以推测在爆炸前的一刹那，教授扑上前去，想用自己的身体护住年轻的助手……

在场的人看了，都禁不住潸然泪下。

南极脱险

这场灾难发生在1983年2月3日上午。

这天早上，中国南极考察队的科学家蒋加伦和澳大利亚同行伯力，决定趁着好天气，出海捞一点藻类，当然，能捞到磷虾是最好的。

天气真好，流金荡玉的阳光跳跃在水波上，犹如无数的小精灵在戏耍，煞是好看。

两人荡起双桨，劈波斩浪地驶了出去。

刚开始的一个多小时，什么都是好好的。可是就那么眨眨眼的工夫，一阵疾风刮过来，猎猎作响，让人毛骨悚然。

紧接着，罡风刺体，吹得人五官皆被堵塞，几乎窒息。波涛犹如排山倒海一般袭来。那只小船犹如一片树叶，随时都可能倾覆。

蒋加伦眼看再这样下去两人就没命了，对伯力说："快，我们要完了，快跳水吧！除此以外，再没有其他办法了。"

伯力愁着眉说："也只好这样了。离岸还有100米，要死要活，就此一举。来，跳吧！"

两人就在小船沉入浪谷的刹那间一起跃入水中。

当时的气温是零下60℃。在这样的气温下，海水的冰冷程度才真叫刺骨呢。

他们俩憋着一口气，拼命地扑腾着。不到一分钟，手仿佛已经不是他们自己的了，脚也不听使唤。靠着意志，他们在20分钟后，终于爬上了一块浮冰。

伯力一爬上冰就昏了过去；蒋加伦虽然还清醒着，但是经寒风一吹，那身湿衣马上冰冻，不断地消耗着他身上那仅有的热量。

衣服不能换，而补充热量的食物一无所有。

蒋加伦已经注意到了伯力的昏迷，他想爬过去挨近他，通过利用两人的体温，来挽救伯力的性命，并保住自己的性命。但是在极度衰弱之下，他几次想爬起来都跌倒了。

蒋加伦心想："看来今天我是爬不到他的身边了，再爬也只会摔到冰水里去……我曾练过气功，试试看，靠了它，我或许还能活下来……"

他十分勉强地保持着坐的姿势，然后将双手挪到小腹上面，实行"意守丹田"，即什么也不看，什么也不想，只等人家来救。

很快，似乎有一股气护着他的周身，他犹如一尊雪菩萨似的定在那里。一时间，他的热量的消耗减低到最低的程度。

就这样，蒋加伦默默打坐六个小时。他甚至没有听到来救他的直升飞机飞临他头上时巨大的"嗡嗡"声，没有感觉到直升飞机下降时掀起的揭天拔地的大风，甚至不知道他是怎样被人抬上飞机的。

据随行的医生说，当时他曾为蒋加伦测过体温，只有30℃。

一回到驻地，有经验的医生马上将他整个儿浸泡在50℃的温水里。几小时后，他才慢慢地睁开眼睛。

这之后，他不断地呕吐，而吐出来的全是黄水。四十多小时，他粒米未进。

医生着急了，说："这不行，再不进食物，蒋老师就没命了！得赶快想办法……哟，我们何不试试云南白药中的红丸，它往往会有出人意料的疗效！"

说干就干，医生取来白药，用镊子夹出那颗红丸，放入他口中，然后灌了点水送下去。

15分钟后，蒋加伦停止了呕吐，连呼吸也顺畅了不少。再过半小时，开始进食了。

现在，他的一条命是捡回来了。可是，他的手和脚已经遭受到恶性冻伤，如果不治就残废了。

正好国内送来的礼物中有"珍珠霜"，医生思忖：何不将它敷在他的手脚上试一试？

医生知道这不是突发奇想，而是有科学根据的，所以说做就做了。一小时后，蒋加伦已经被涂满了"珍珠霜"，包扎得严严实实。

果然，14天后，蒋加伦的手脚开始红润起来。医生欣喜若狂。

蒋加伦在这场重灾难中存活下来，而且免于残废，实在是个奇迹。

囚犯抢险

1990年4月26日，北京夏令时18时37分12秒，在青海省海南藏族自治州共和县与兴海县之间的塘格木一带发生了6.9级强烈地震，极震区最高烈度达9度。

塘格木农场，这个还关押着300多名犯人的农场，顷刻之间，土坯房屋和砖柱土坯房屋全部倒塌，砖混结构的房屋房顶塌落，墙体或倒或裂。

正在监房里的200多名犯人从裸露、扭曲、裂开口子的监房内一拥而出，齐集院内。他们大都被这突如其来的巨大变故吓呆了，茫茫然不知所措……

几名干警和200多名犯人面对面站着，任凭脚下大地肆意颤动。

干警们仪表不乱，威严未减。犯人们则手拉手围坐在狱房前的空地上，静静等待。两分钟后，担任警戒任务的武警七支队的70多名战士，荷枪实弹冲向监狱。

在警戒线内，一大队副教导员杨晨命令道："各中队集合点名！"

点完名后，犯人一个未少。

此时，满身尘土的另一教导员跑进来，对他耳语道："外面情况很糟，赶快派人去抢救！"杨晨犹豫了，稍作思索还是决定每中队抽几名平时表现较好的犯人去参加抢救。

但是，当中队长分头抽人时，缓过神来的犯人们已明白究竟需要他们干什么了。他们情绪激动，纷纷举起手臂，喊道："我去，我去！"

面对这种情形，干警们为难了。目前的情形是，只要多批准一人出去，就有可能多救活几个生命！如果不同意，犯人们沮丧之余，可能产生对抗情绪，这将会更危险！

救人要紧，干警们果断地带领犯人，分成几十个小组，走出警戒线，冲向了重灾区。

在这164名被批准出去抢险救人的犯人中，包括21名被"严管"的犯人，用"罪行累累"来形容他们，是毫不为过的。但在得到这千载难逢的立功赎罪的机会后，他们个个争先恐后地去救人。哪里有呼救声，他们就奔向哪里。

犯人李明伟，曾因盗窃、抢劫被判刑16年。在一次严重违犯狱规后，他被关进禁闭室。面壁几日，他并未悟出正道，而是瞪着血红的双眼，咬牙切齿地诅咒骂人。甚至，硬是用自己的牙齿，咬断了自己左手大拇指以下的四根手指。

这只手，过去曾疯狂地盗窃和抢劫。同样是这只手，同样是断指时那般鲜血淋漓，却从废墟中救出了七个人！

"师傅！""叔叔！"灾民们情急之中，像呼唤亲人一样呼唤着他。自以为心肠够硬的他眼里竟湿润起来。

刚从学校废墟里救出三个孩子，他突然被一个青年妇女发疯似的拦住了。那青年妇女双腿跪地，抱住他的腿，用颤抖的手指着不远处的一片废墟，哽咽着，已无法说话。但李明伟马上明白了。孩子，这女人的孩子被压在了废墟下面！

他不顾自己已磨破了皮的双手，只是一个劲地挖啊，刨啊，刨啊，挖啊。那被塌下来的屋顶闷在墙根的孩子终于出现在母亲面前。可是，当欣喜若狂的母亲抱住孩子时，才发觉孩子已受了重伤！

李明伟刚想劝那妇女将孩子交给自己，她已将孩子塞到李明伟怀中。她说："你比我跑得快，请你救救我的孩子！"声音急促而沉重，而眼眸中饱含着焦急、期盼，还有信任！

李明伟一点头便马上抱着孩子向公路上运送伤员的汽车跑去。突然，一根还连着一块木板的大铁钉扎进了他的脚，剧痛钻心，冷汗直往下流。李明伟奋力地朝后一甩，却无法甩开。而他猛抬头，看到前方的汽车即将启动。孩子生命垂危，早点送进医院，就多一份希望。他顾不上拔掉铁钉，咬紧牙关趔趄着身子一阵猛跑。那钉在脚上的木板跟着他，在他身后扑着地面。

总算赶在汽车开动前将孩子送到了！李明伟如释重负地缓了一口气。这时，才发觉刺痛更加剧烈了。回顾身后，是一条"血路"，抬脚一看，原来伤口正在汩汩流血……

那妇女气喘吁吁地赶到了，目送汽车远去后，她终于看到了正在拔钉子的李明伟。于是，她又一次地跪下了，一声"恩人"让李明伟心头发酸。

事后，李明伟不止一次向别人重复自己当时的感受："这一幕，我永生永世也忘不掉。从她感激的泪光里，我看到了我自己，我恍然觉得，我是人！"

夜幕降临，干警们想集合队伍，把疲惫不堪的犯人们带回去。可是，犯人们依旧不断地向传来呼救声的地方跑去。他们也像其他人一样，诅咒着无情的灾难，为灾民们叹息落泪。看到灾民们衣着单薄，有的尸体无遮无拦，他们脱下了自己身上惟一的、象征着他们身份的黑色棉衣，硬塞给灾民或小心翼翼地盖在血肉模糊的尸体上。

午夜时分，在一声声威严的命令下，犯人们陆续回到狱中。点名，一个不少。而他们身上几乎都只剩下件单衣，一个个在寒风中瑟瑟发抖……

网上呼救

1997年7月14日下午，家住台湾省高雄市的13岁男孩许晨，放学回到家里，一放下书包，就在自家的电脑前坐下。最近，他狂迷电脑，几乎每天都要进入一个名叫"日光机场"的网上闲谈室漫游闲谈。

将近6时，他准备离开"日光机场"，忽然看到一个署名金菲菲的女孩用黑色粗体大字"喊"道："有人能帮助我吗？"

咦，这还很新鲜。许晨想：这必是一个好玩的游戏。于是，他按键打出："出了什么事吗？"

许晨稍候片刻，屏幕上出现了对方的回答："我不能呼吸，请帮助我！"

许晨又想：这还真是个恶作剧。好，既然对方要玩，自己就奉陪到底！

可是，字句继续在屏幕上出现："请帮助我，我呼吸困难，左半身没有感觉，坐在椅子上无法离开。"

许晨十分反感，他讨厌别人开这种过度的玩笑。——瘫痪、残疾，若是真的，哪还有力气继续按键？

他准备退出这个网点，但又转念一想："万一她真是急病发作，那岂不是糟糕至极？不行，我不能见死不救啊！"

这个求助信号其实并非恶作剧。金菲菲是台北一所大学的学生，20岁，她正在图书馆进入互联网找寻资料做作业，忽然老毛病发作，双腿剧烈灼痛。这是她自小就有的怪病，痛起来如万蚁噬心，直钻骨髓。严重时，她痛得只能坐着，无法行走，两肋像被紧紧夹住似的，呼吸困难。

可当时，图书馆内一片寂静，整个三楼只有她一个人。距离最近的电话还在外面的走廊上，想瘸着腿走到那里是不可能的，她只要稍微一动，全身便灼痛难当。

爬过去吗？她咬紧牙关，艰难地往后顶开椅子，身子慢慢地滑下去，趴在地上。然后，她开始用手撑住地爬行。

可没爬几步远就觉得浑身刺痛难熬。不行，她肯定爬不到那里。

突然，她灵机一动，想到也许可从互联网上得到帮助。她便强忍着疼痛，上网进了"日光机场"，打出了求助信号。

许晨凝视着屏幕上的几行字，有些相信了。他想，或许那真是个身患重病的女孩，因为看护人员的失职或其他原因被困在了一个无法得到援助的地方。

而他自己从小有哮喘病，深知疾病发作的痛苦，因此能体会到对方的感觉。他赶紧问道："你在哪儿？"对方很快传来答案："台北。"许晨大吃一惊：天哪，她居然不在本市！诧异了几秒钟后，他又马上问道："你是不是在开玩笑？"

那头，金菲菲已头晕眼花，但还能看清许晨的问题。她也万万没想到，自己的求救信号被当做是开玩笑。

她在椅子上向右倾斜，以减轻左半身的刺痛和麻痹，然后用右手颤抖着敲出清楚的信息："我向你保证，不是开玩笑。我快死了，救救我！"

而许晨的父母还没回来，家里除了他以外再无其他人。许晨脑筋飞快地转了一圈，他决定打电话向紧急救援中心求助。当时，是6时14分。

"这里是紧急救援中心，你有什么紧急事情？"

"我进了电脑闲谈室，有个人说她呼吸困难，需要帮助。"

值班人员准备通知一辆救护车出动，他又问道："那个人在哪里？"

"在台北。"

"天哪！"值班人员惊叫起来，觉得这可能是个恶作剧。但是，他还是让许晨先去查一下那个呼救者的电话号码。

许晨依言询问那金菲菲的电话号码。几分钟过去了，屏幕上仍然无回答。

许晨暗叫：莫非她真出事了？他心急如焚地输入："快，快输入电话号码！"

不久，一串数字出现在屏幕上，那是她的电话号码。

"她为什么不干脆自己直接打电话？"值班人员问许晨。

"她说她的腿根本动不了。"

15

此时，值班人员才相信那个求助信号是真的。

他立即吩咐许晨叫金菲菲挺住，然后接通了台北市紧急救援中心的电话。

可是，许晨却看到金菲菲"写"道："我感到眩晕。"

"挺住！已经给台北打电话求助。"

这是用粗体大字打的，金菲菲应该看到，可她没半点反应。许晨急得大汗淋漓，他不断地输入鼓励的话语。

隔了好久，才见金菲菲回答："痛，痛啊！"

根据金菲菲所给的电话号码，台北方面立即查出她是在一所学校里。当即，他们派车驶向那所学校。

十分钟后，医护人员破门而入，发现一个女孩子已靠在电脑桌上昏迷不醒。此时，是凌晨2时15分。

四天后，高雄市有关方面收到台北方面的来电："多亏那位互联网上的朋友！金菲菲已获得医疗协助，情况良好。"

鳄嘴里逃生

泰国属亚热带地区，那里的鳄鱼多得很。

鳄鱼因为行动不够快，所以捕食主要靠的是偷袭。

它能长时间躲在水里，仅露鼻孔在外。见人或动物到水里来，它就像一截烂木头似的浮在水面上悄悄接近，然后或一尾将猎物打入水中，或张开血盆大口，一口叼住，连淹带咬，将猎物弄死，然后再慢慢地享用。

因为它嘴巴大，牙齿尖利，要从它的嘴里逃生，简直是天方夜谭。但是也不是没有例外。

在北大年府的北大年河附近，有一块偌大的沼泽地。在这里就发生过一件惊心动魄的事。

当地有个小伙子，名叫叨隆格。这人20岁左右，长得又黑又瘦，身材不高，会泰拳。

这天，天气热得叫人直想揭掉一层皮，云层压得低低的，让人喘不过气来。

叨隆格午睡醒来，浑身是汗，黏糊糊的，就像有层糖汁浇在身上。几只青头大苍蝇"嗡嗡嗡"地不断绕着他打圈子。

他挥挥手，心想："这样的鬼天气，只好上小河里去了。要不，让人怎么活？光被苍蝇烦也烦死了。"

附近有条小河，这儿的水虽然不算清，但是河水流动，水又深，对于他这般水性的人，是恰到好处。

他拿了一条毛巾，赤着一双脚，光着个上身，径直上小河去了。他也知道附近一带沼泽地里有鳄鱼，可是鳄鱼从没上这小河里来过。每逢大热天，他们这些小伙子总是往河里跑。

刚到河岸，他就丢下毛巾，像学校里跳远似的，叨隆格跃起身来，"扑通"一声蹿入河中。

水很清凉，一跃入水，刚才那种被苍蝇纠缠、为汗水所黏糊的感觉马上一扫而空。

他一头钻进水里，一直潜到河底，然后痛痛快快地打着水，钻将上来。

不料，他才露出水面，竟发现头上的蓝天没了，太阳也不见了，见到的只是黑咕隆咚的一片。头皮上有两排坚硬无比的小刀子齐刷刷地刺向他。

原来，水面上一条大鳄鱼趁他潜水的当儿已悄无声息地游了过来，静候着他，就在他露出水面的一刹那咬个正着。

锋利的牙齿从叨隆格的头皮上深深地刺将进去，并发出"咯咯"的声音，就像几枚大钉子同时钉进一只椰子里去一般。

疼痛使他几近昏厥。一阵阵的金星在他脑袋的四周爆炸开来，他已感受到一种末日来临的气息。

不过，当时他的头脑还很清醒。他知道，生死就在呼吸之间了。这里没有任何人，要命就得靠他自己。

他一咬牙，伸出右手抓住了鳄鱼粗糙的上颚；左手一把揪住它的下颚，狠命地一扳。同时，他弯下腰去，用脚在它的柔软的肚子里死命地一蹬。这一扳一蹬，用上了他的吃奶之力，糅合了他学过的泰拳招术。力量之猛，可能是他有生以来最大的。

鳄鱼大概也知道痛楚。也许肚子是它的要害，也许这天它的肚子还不算太饿，总之，它改变主意了。它猛地一转身，张开嘴巴，用它强有力的尾巴一甩。

这一甩足有200多公斤的力，于是这个瘦小的叨隆格就被它一下子甩出水面，"砰"的一声，摔上了岸。

他搞不清自己这样半死不活地躺了多少时间。一清醒过来，他就爬起身来，直奔附近的一个小诊所。

诊所里的医生看见这么一个血糊糊的人，简直是吓坏了，他们全体出动，为他疗伤抢救。

事后医生、护士说，他一跑到诊所就昏了过去，直挺挺地躺在地上，一点知觉都没有了。

他们为他洗净血迹，为他整理皮肤，为他一针一针地缝上，一共缝了

38针，开始的几针甚至无须上麻药。

在他住院的时候，当地的乡亲们就开始忙活了。因为，长此以往，他们还能上河边去吗？他们用一只小羊作为诱饵，钓了三天三夜，这才钓到了这条重约200公斤的大鳄鱼。

人们大多说要杀了它，被村长劝了下来，将它送到动物园里去了。

叨隆格出院后，已是面目全非。他那个脑袋红红白白的，孩子们远远看见，都吓得哇哇大哭。

他也不是不想去整容，只是一打听医疗费昂贵，即便他卖掉全部家当也不够数，只好作罢。

但是人家都说他命大，因为能从大鳄嘴里逃生的人，全世界也不多。

博帕尔上空的烟

印度博帕尔市，是一个人口密集的大城市。然而，谁又能想象十多年前这儿发生的毒气中毒事件，曾使整个城市惨淡了好一阵子呢？

1984年12月3日，这天对于家住博帕尔的吉米来说，是个永生难忘的日子。

平时每天清晨，吉米都会跟爷爷去跑步，锻炼锻炼身体。这天早上，吉米推开门就嚷了一句："今天有风啊！"但他和爷爷还是准时出去了。

忽然，正在练瑜珈的爷爷猛烈咳嗽起来，吉米忙着给爷爷捶背，可爷爷咳得更厉害了。慢慢地，吉米自己也感到不舒服，并觉得有种怪味使他发呛。奇怪了，一大早哪来的怪味？吉米把前后左右都看遍了，就是没找到怪味的来源。这时，他无意间一抬头，发现天边挂着一大朵乌云，不，是浓浓的烟雾，正借着风势向他们这边迅速飘来。

"爷爷，您怎么了？"吉米只顾看天上，却没留意到手臂上挽着的分量一下子增加了。原来，爷爷整个人都靠在他臂弯上。只见爷爷双目紧闭，嘴唇发紫，呼吸声也越来越重浊。吉米意识到事情不妙，马上扶住爷爷向医院走去。

一路上，那股呛人的味道愈加浓重。街上，人们都行色匆匆，今天他们的目标似乎只有一个——医院。

到了医院，吉米更是大吃一惊，急诊处早已集结了一批像爷爷这样的急病号。

呻吟声、呵斥声、啼哭声不绝于耳，原来清静的医院像炸开的锅。许多病人在抢救时死亡，有些人在被送来的路上即已断气。

今天怎么了？死亡日？爷爷已被送进去急救，吉米好容易在走廊的长凳上挤了下来，浑身哆嗦。看着人们进进出出，吉米不禁替父母担心了。一大早，他们便去市中心一家商店进货去了，会不会也和爷爷一样，闻着这种怪味昏倒了……

吉米的担心不是没道理的。此时，他父母正躺在另一家医院的手术台上等着抢救。事实上，不止吉米一家，整个博帕尔市那个早上都陷入一片混乱。全市大大小小的医院短短数小时内便塞满了病人，而且症状全都差不多，只是重者死亡、轻者受伤罢了。病人如潮水般涌来，远远超过医院的接受能力，临床经验丰富的老教授也被请来，但死亡人数还在增加。

吉米知道20世纪50年代伦敦曾发生过一起震惊全世界的雾气中毒事件。当时，首当其冲受害的是抵抗能力较弱的老人和小孩，据说最后查出凶手是工业污染造成的硫、氮等元素化合物形成的化学烟雾，造成对人体呼吸道等器官的损害……那么，这次，那团浓雾会不会也同工业污染有关？

事后，吉米才知道，这次事件是由美国联合碳化物公司所属的印度博帕尔农药厂引起的。12月3日凌晨，该厂某车间内一个装着45吨液态剧毒异氰酸甲酯的储气罐压力急剧上升，本来，只要值班人员发现，就完全能够避免灾难。可当时恰恰无人值班，也就未发现。剧毒药终于冲破阀门泄漏出来，顷刻间化为浓重的烟雾，飘升到空中。又因为当时有风，它便借着风势逐渐扩大，最后散布到整个博帕尔市区上空。

悲剧就这样发生了，许多人甚至刚吸进早晨第一口空气就倒在地上，再也醒不来了。官方公布瞬间死亡人数为2259人，当地政府确认和气体泄漏有关的死亡人数为3787，还有大约8000人在接下来的两个星期中丧命，另外还大约8000人因为气体泄漏而死亡。根据一份2006年的官方文件显示，这次泄漏共造成了558125人受伤，包括38478人暂时局部残疾以及大约3900人严重和永久残疾。

走廊上的病人及家属越挤越多，吉米不得不把自己的座位让给病人。斜倚在墙上，吉米在心里默默计数。今天时间好像过得特别慢，爷爷被推进手术室都这么久了，还没消息。

正在这时，一位护士推着病床出来了。吉米猛凑上去，掀开被单，哦，不是爷爷，而是一个年轻妇女。悲痛欲绝的家属扑上去，尤其引人注目的是一个小女孩，趴在床边一个劲哭着喊着叫妈妈。此情此景，见惯了生离死别的护士也忍不住落泪。马上，她又得回去再推一张病床出来。

这回，推出来的真是吉米的爷爷了，吉米紧紧抱住爷爷的尸体。不，他不敢相信：两小时前，爷爷还好好地和他在一起锻炼，现在白布下那一动不动的人竟是爷爷！

吉米就这样半跪着，谁也劝不开。不知过了多久，他才发觉自己坐在椅子上。"不，我要去找爷爷！"吉米马上跳起来。

"不，小伙子，你坐下！"旁边的一位中年男子硬是把吉米按住了。

"听我说，小伙子，你爷爷已被送到太平间了，你千万要镇静啊！唉，今天早上，不知道死了多少人！"

就在这边吉米为爷爷的死而万分伤心之时，那边吉米的母亲也因中毒甚重抢救无效而亡，吉米的父亲倒是脱离了危险，好歹算是捡回了一条命。

于是，一个早上，吉米失去了两位亲人。

灾难来得如此迅速，使每个人都措手不及。然而，这究竟该由谁负责？博帕尔农药厂的所有者联合碳化物公司决定向印度政府提供100万美元的救济金，以赔偿受害者的医药费。然而，这终究是杯水车薪。

联合碳化物公司也是损失巨大。印度政府正式提出赔偿31.5亿美元的要求。这，对任何企业来说，都不是小数目啊！

啤酒引来灾难

1984年的圣诞节前夕，印度亚萨姆邦的一个小村里啤酒酿成了。不料这件好事却造成了一场大灾难。

这年年成不错，大麦收成更好，为了年底过个好节，村民们纷纷酿起了啤酒。

印度的啤酒不同于西方的啤酒，自做自酿自己喝，味道鲜美不说，香味还十分芬芳。打开酒桶盖，上百步远都能闻得到香味儿。

这天傍晚，杰里姆家聚集了十多个邻里，他们是来尝他家新酿的啤酒的。杰里姆家今年要嫁女儿，多酿了一些，而且味儿特好。

白天在田里干活时，加戈笑话他："杰里姆，听说今年你要嫁女儿，多酿了几桶啤酒，说不定酿坏成了牛尿。"

杰里姆生气道："瞧你这张歪嘴，说出来的总没有好话，嫁女儿是大好事，你偏诅咒人家，想讨打！你这种人才配喝牛尿！"

加戈道："谁家酿的啤酒是牛尿就该谁喝牛尿。不信，你取出来大家尝一尝，如何？"

杰里姆经不起他的激惹，说道："那好，你们吃了晚饭来我家。咱们看个明白，酿得不好，我喝牛尿；酿得好，你喝牛尿！"

众人见有热闹看，如何不高兴？齐声叫好。就这样，晚上他们放下饭碗就来到杰里姆家。

啤酒桶抬出来了，足有几十公斤。掀起酒桶盖，一阵香味儿扑鼻而来。

那股子酒味儿温香馥郁，直透鼻端，确实荡人心魄。

杰里姆虽然有点舍不得，但是气不过加戈说的那几句话，取了只碗出来，舀了一大碗让大伙品尝。

果然，这酒呈琥珀色，黄中透清，入口醇香。众人各尝一口，便一起赞道："果然好酒！"

杰里姆笑道："加戈，如何？牛尿你是喝还是不喝？"

众人哈哈大笑，正想按下加戈的头让他当一回牛，不料突然听得屋外

"噔噔噔"响起沉重的脚步声。

众人正愕然，不知是怎么一回事，骤然间听见门上"咯咯咯"在响。

加戈挣扎着坐起来，说道："快松手！看，连菩萨都来帮我了！"

话音未落，那扇薄薄的门已经"砰"的一声塌了下来。随着人们的一声惊呼，一个庞大而黑黢黢的东西堵在门口。

大伙定睛细看，一条长鼻子正在空中扭动，这……这……天啊！这不是野象吗？

是的，它们是一大群野象。这群不速之客闻到酒香，它们是喝酒来了！粗粗一数，足有二十多头！

杰里姆他们还没有反应过来：这些力大无穷的野象是来干什么的？正慌乱间，野象已经因为屋小象大进不得屋子而大为光火。

区区木屋，如何经得住这些大象的合力推挤，长鼻子两次揪，粗腿儿三脚踩，屋子马上摇晃起来。

杰里姆叫："快，屋子要塌了，逃命吧！"

他自己首先推开窗户，一个跟头翻了出去。他的邻居也纷纷效仿他跳窗逃命。只有加戈迟走一步，被压在底下。

野象用鼻子甩开木板、屋梁、椽子，大踏步走了进去。可怜加戈一时动弹不得，被象踩上了，立刻死于非命。

几头野象哪管屋下有人没人，它们不客气地大喝起啤酒来。它们个大、肚子大、鼻子长，几根鼻子伸在一处，不一会，一大桶啤酒就见了底。

那些跟在后面的野象闻得酒香，馋涎欲滴，见没有它们的份，情急之中，在村里四处乱找，只要闻到哪里有些酒味就往哪里闯。

终于那些在喝酒或酒桶盖盖得不够严的家庭全部遭了殃，这些人家立刻鸡飞狗跳，屋倒人亡。至于啤酒被抢，已是小事一桩了。

村民们愤怒了，他们打起锣来企图赶走它们。但是野象原是森林中的霸王，谁敢对它们发号施令？它们压根儿不理睬。

村民没办法，只好用锄头、木棍去赶，野象火气更大，反而踩死了好几个人。

最后村民只好采取火攻，点起火把来，将它们团团围住，大声地吆喝。野象毕竟是野兽，见了火还是怕的。它们见酒也喝得差不多了，就一起退出村子，醉醺醺地，摇摇摆摆返回山林里去了。

这一场灾难使这村子损失惨重：五个村民被野象踩死摔死，十二间屋子被拉倒推翻，其他的损失更是不计其数。

食人狂徒

1956年7月，菲律宾中科迪勒拉山山脚下的一个派出所打电话向城里求救，说它所辖地区发生了一起绑架案，一下绑架了三个人，眼下下落不明。他们虽然派人着手侦查，然而人手与能力都有限，紧急请求援助。

问绑架者有没有什么书信或者托人捎口信给被绑架的人家，回答说至今尚未收到。

菲律宾地处热带，属季风型热带雨林气候，出门颇为不便，再加上山区地方交通欠发达，警察局几个警员支支吾吾，谁也不愿去。

倒是一个年轻的法医莫艮，觉得自己反正闲着没事，说愿意出去走走。

局长皱着眉头说："你是法医，与绑架案八杆子打不着，光你一个人去，被人知道了岂非笑话？阿迪，你就与他一块去吧。"

阿迪是个上了年纪早该退下来的刑警，因为脾气古怪，不甚合群，同事们都不愿意与他一起工作。于是两个人就上路了。出事的那户人家远在深山之中，路上他们花了足足三天时间。进得山去，只见万山绵亘，山连山，山套山，如龙蛇盘纠，蜿蜒不断。

法医莫艮看得赏心悦目，阿迪则叽叽咕咕埋怨个没完。

好歹总算到了目的地，却原来是一间建筑在半山腰的农舍，方圆五公里再没一户别的人家。

进屋一看，墙上挂着些弓箭、兽皮，桌子、椅子毛糙得连树皮都未曾刮去。

阿迪屁股还没着凳就喃喃道："我的天，这绑匪不长眼睛吗？与其绑架这种人家，不如上城里去绑架个讨饭的！"

莫艮也不去睬他，只请主人将当时的情况说一遍。

这户的主人只剩两个：一个是瞎眼的老婆子，一个是年仅30岁，但看上去已近老年的农妇。

据农妇说，原来他们一家五口，除了这位老娘外，还有35岁的丈夫和一男一女两个孩子。

事情是发生在六天前的夜里。

这天刚下了一场大雨，闷热的天气一下子凉快了许多。他家贪图风凉，就只用板挡了一下，开着大门睡觉。

睡到半夜里，屋外一阵嘈杂，冲进十多个手舞足蹈的家伙来，不说话，哼哼着，咕噜着，并发出"吱吱喳喳"鸟叫一般的声音，似乎在互相联络打招呼。

这些家伙力气很大，手脚麻利，几个对付一个，只一下就抓起了她的丈夫、五岁的儿子和十岁的女儿。任凭哭叫挣扎，绑架了三人，飞一般上山去了。她正好在里间，忙不迭关上门，死死抵住，总算没被抓走。

阿迪咕噜道："很明显，这些人是故意装出来的，你认识他们吗？"

这个可怜的女人说："天很黑，我没看出来。"

莫艮问她家有没有仇人，答道没有；问会不会是被错当做别的人家了，答道也不可能，这里比不得城里，会担心走错人家。那么，这是怎么一回事呢？

莫艮决定上山去找一找，阿迪虽然不赞成，可也跟着走了。

山上天荆地棘，十分难走。

阿迪唠唠叨叨在说："我真不懂你想干什么。找脚印吗，已隔了这许多日子，再加上天不时地下雨，还会给你留着什么？你想遇上他们吗，这简直是海底捞针……"

莫艮突然指向不远处，"嘘"了一声，加快步子爬上山去，在一丛荆棘中捡起一个圆圆的东西来。

啊，这是一个成人的骷髅头！

回到屋里，莫艮取出放大镜来，细细研究起这个骷髅来。

凭着法医的专业知识，不久，他就得出结论来：这骷髅还很新鲜，一个星期前，它还装在一个人的脖子上；它是被人从脖子上拧下来的，骨头上满是动物牙齿的痕迹。这说明，是被什么动物啃干净的。

莫艮由此进一步断定，这不是什么绑架，而是被一群像人的动物抓走了。在这一点上，阿迪虽有牢骚，还是勉强同意了他的看法。

于是，两人开始了漫山遍野的寻找。

到第五天，才发现山顶上有不少藤做的吊床，他们就埋伏在那里。

约莫三小时后，一群猴子纵跳着回来了。它们有成人般高，遍身长毛，尾部长有一根不长的尾巴。"砰！"这是阿迪开的枪。这一枪打伤了一只手里捧着一件圆东西在玩的小猴子。这猴子丢下玩物，与伙伴们一起飞一般逃走了。

莫艮捡起丢下的东西，啊，是一个男孩的头颅！

那个农妇一眼就认出来，这正是她五岁的儿子的头。她马上哭得昏了过去。

据动物学家分析，吃人的凶手是一种极为少见的食人猴。

海上杀手

1989年春，菲律宾邦丹附近出了海魔，许多人因此丢了性命。

这年3月间，当地渔民只要是划了小船出海打鱼的，十次里总有一两次要出事。不论天气如何，不论清早傍晚、上午下午，总有人有去无回。

通常是这样：一两个人，划着自己的划子，上浅海去捞虾捕鱼，天黑了不见人回来。众人挑着灯笼，举着火把，七八条船一起出动。只见海面上一艘空船荡着，却不见半个人影。

人上哪儿去了？找遍附近海面，总不见丝毫踪影。

于是一时间，人们对这些莫名其妙的失踪，生出许多传言来。

有的说，这是海里出了海魔。这些海魔长得又高又肥，犹如铁塔一般。它紫面黄须，豹头虎眼，红睛怒突，绿毛森森，口中上下两排利齿，左右各有两根獠牙交错。见了人便从水中钻出，长啸一声，然后一手一个将人抓了，潜回水中，坐在海底，慢慢享用去了。

有的则说，这是海上毒雾所致。通常好好的天气，转眼间便毒雾笼罩，烟瘴弥漫，身在其中的人，但见阴风惨惨，毒雾漫漫，鬼声啾啾，天昏地暗。不一会，人便发疯，于是爬上船头，跳入海中，再不回来。

这些人说得活灵活现，就像自己被海魔抓去过一两回、在毒雾中死过三四回似的。

一天中午，维拉育达划了渔船，慌慌张张逃回来，声称与他同去捕鱼的伙伴伊瓦腊已被海魔攫走，再不能生还。

他说，因为晴空一碧，正是捕鱼的好时光。他们撒了两网，网网都有二十多公斤。当时他正蹲在舱中收拾鱼，而伊瓦腊则站在船头想再撒一网。

猛然，一声惨叫，他抬起头来，只见银光一闪，听得"扑通"一声，伊瓦腊已沉入海底，他吓得魂飞魄散，划起划子就逃。总算老天保佑，海魔没追上来。要不，他这阵子也见不着大伙儿了。

这回海魔虽没有亲见，但它的武器是看见了，映在阳光下，亮晃晃的。因为维拉育达心里怕得很，加上速度过快，他没看真切，总之是长戈大戟这一类的家伙。

自这以后，渔民再不敢出海送死。人人待在家里，盯着大海犯愁。但是，不出海就意味着失业，沿海这么多张嘴要吃饭，政府不能不管。于是警方派出刑警来调查这事。来的是两个年轻人，一个叫萨维尔，一个叫席蒙。

警察当然不会相信有什么海魔，但是当地百姓人人相信。他们点香烧烛，求神拜佛，只求海魔高抬贵手，给他们一口饭吃。他们见警察局居然派人来破什么案，明摆着这是得罪海魔的事，所以不但不借船给他们，就连吃顿饭、借个宿也绝不肯通融。

要侦破海里的案子，总不能不出海。两人没法，只好脱下警服，化装成城里来旅游的人，出高价去邻近的地方租了一只小划子，千里迢迢划到海面上去探个水落石出。

他们装着是出海钓鱼，划了船在出事的一带海面转悠。

两天内，任他们用望远镜如何眺望，总不见有什么动静。

第三天的下午，萨维尔坐在船头垂钓，席蒙坐在船尾划桨。猛然间，萨维尔听见背后的席蒙尖叫一声："快，快，我……"

萨维尔转过身来，只见一只亮晶晶、尖利的钳子，从水中探出来，一把钳住了席蒙的胳膊。

萨维尔一来来不及掏枪，二来也不知道枪该打谁，只好大喝一声，转过身，抢起钓竿来乱打。

只听见"托托"声响，竿轻壳硬，半点儿也伤害不了它。

萨维尔只好跨过舱去抱席蒙的身子。

还不待他跑到席蒙身边，又一只长达三米的长钳从海水中探出来，兜胸一把夹住席蒙。席蒙惨叫一声，"扑通"落入水中去了，从此再不见他上来。

这明明是一种海底动物。萨维尔不敢急慢，立即回城报告。

据科学家研究调查，原来所谓的"海魔"，只是深海中的一种大蟹，学名叫尖头蟹。它只在交配时才上浅海区来。

天外来的火球

1984年11月18日，土耳其东北地区发生了一场至今没人说得清楚的灾难。

这天傍晚，特拉布松省托克鲁村忙了一天的村民们，肚子都饿得咕咕叫了。他们连脸也懒得洗一下，光是洗了一下手，就坐下来吃饭。

村子里大家小家，全开着门，当母亲的则拉开嗓门在叫她们的宝贝儿子来吃饭。

可是你瞧，晒场上就有三个淘气包，正在忙着自己挖沟造桥，将母亲的话当做耳边风。

骤然间，一道异样的光划过渐渐暗下来的夜空，直奔晒场，伴随它的是一阵"嘶嘶嘶"的响声。

三个孩子抬起头来，见是一道碧森森、暗赤色的光。它一会儿宛如灵蛇吐信，伸缩不定；一会儿犹如千万繁星连成一片，闪变不停。

孩子们吓得哇哇大叫，丢下手里的小锹，嘴里喊着"妈妈，妈妈"，飞一般跑回家里，一把抱住母亲，死也不肯放开。

大人们见孩子的神色有异，齐问道："什么事？什么事？"

孩子脸色苍白，光会拿手指朝屋外指。

人们搁下刀叉，走出屋来。

这时，这团说不上是什么的神火正好"砰"的一声，掉落在他们的晒场上。

它下来时满空雷火星飞，红光宛如雨箭，纷纷迸射。那片光奇特诡异，耀眼欲花，令人目眩神摇。

一落在地上，这团东西就熊熊燃烧起来。只见它在地上来回滚动，所到之处，满地五色轻烟。靠近一点的人，感到炙体灼肤，其热难忍。

开始众人以为是附近起了火，飞来了"火老鸦"。后来见它的火光一会儿青，一会儿白，火焰高达2.5米，全不像是那一回事。

村民伊诺努说道："这是什么鬼东西？别是天上什么飞机出事掉下来的吧？埃夫伦，你说会不会爆炸？"

　　埃夫伦嘴里还在嚼东西，含含糊糊地说：“我看……我看不像……不像是飞机里的碎片……要是碎片，烧一阵也就完了……这鬼东西看来要爆，大家还是走开一点为好。”

　　这时厄扎尔已经提了一桶水来，他大着胆子走近了，“哗”的一下，泼在这东西的上面。只听见“磁——”一声长音，冒出一长溜的白烟来。

　　伊诺努道：“对，大家动手，先泼水再说！”

　　于是男男女女一起提了水桶，提来水往上面倒。真奇怪，二十多桶水下去了，就是一座房屋起火，火势也会小许多，而这莫名其妙的火团却越烧越起劲。

　　伊诺努道：“别是汽油一类的东西吧？水下去反而更加旺起来，大伙快去提沙，沙子一盖，准没事！”

　　众人见他说得在理，就用盆或兜，取来了不少沙子，“哗哗哗”倒下去，可是火势一点也不见小。

　　它就像一团烧不完的沥青，滚滚翻翻，直烧得熔石流金，炎威如炽，地面都被它烧得熔化，成为沸浆。

　　村长怕它最终会“轰”的一声爆开来，点着房子，烧死人，就站得高高的，喊道：“各位听我一句，这东西不知是什么，万一炸开来，点上了屋，伤了人就迟了。大伙不要怕麻烦，收拾细软，远远地走开避上一避！咱们这就打电话上城去叫消防队来！”

　　众人其实心里也害怕，听这话，果然收拾细软和食品，一窝蜂逃得远远的，只派个别人时不时地去探查。

　　但是每次回来，探查的人都说：“哎，还烧得挺起劲呢！”

　　9小时后，远离这里的正规消防队终于赶来了，他们什么灭火的物品都用上了：水、沙子、泡沫、化学药品……但均无成效。

　　好不容易熬了50小时，这火总算熄了下来。

　　人们走近一看，只见烧下来的灰烬犹如红漆一般摊在地上，触手炙热，谁也说不上这是什么东西。

　　消防队灭不了火，脸上很过不去，只是说：“大家别碰它，罩个罩再说吧。别让孩子、家畜上前，因为还不知道有毒没毒。政府会派人来查验的。”

　　果然，不出五天，科学家纷至沓来，他们在那里东看西查，什么仪器什么化验药品都用上了，结果谁也没说出个所以然来。

伊西逃生

19岁的土耳其青年米哈利，小名叫伊西。自从父母离异，他一直与母亲生活在一起。伊西的母亲是家乡小镇栋博堡的社会工作者，几年前把所有积蓄拿去买了一幢旧房子作为度假屋。

1994年10月17日，伊西从学校回来后，受母亲之托到他们的度假小屋去看看，顺便打扫打扫。

从汽车站下车，再步行两公里，伊西到达了小屋。午后的阳光下，伊西坐在门阶上，忽然目光停在了屋外的那口井上。从前，伊西也曾屡次向井里探望，知道那是一口枯井，井底有个小水潭，偶尔会泛起涟漪。

伊西来到井边，从口袋里摸出电筒，向井里照射，并喃喃自语道："如果把井清理好，或许就会有水。"可电筒光线太弱了，伊西什么也看不清。

突然，伊西的脚在向前挪动时踩到了井边的青苔，他滑了一跤。接着，整个人"咚"地掉到井里，双臂和背部擦着了粗糙的井壁。最后，猛地一撞，伊西就趴在了井底。

伊西没有失去知觉，他一边庆幸自己大难不死，一边向上望去。可这井实在太深了，头上只有一线极黯淡的亮光。

眼镜呢？伊西四处摸索。可除了摸到臭水潭旁边的几块杂乱的泥泞土块和一个圆筒一样的东西外，他一无所获。

他又用手沿着黏滑的井壁摸去，竟找到了眼镜，而且，奇迹般的是镜片竟然没碎。可即使伊西戴上眼镜，也很难看到什么东西。

尝试着站起来，可两胁和臀部都感到剧痛，他只好坐下来。过了一会儿，伊西的左脚也开始痛起来，他把球鞋脱掉，以减轻痛楚。黑暗中，他看不到左脚踝有一道深长的切口，而左脚的大趾头也折断了。

"不行，我不能等死！"伊西想自己一定要自救。于是，他又穿上鞋子，尝试用背和脚抵着井壁，慢慢蠕动身体，向上爬去。但井壁上全是青苔，又湿又滑很难抓，每一回都是爬几步就重重摔回井底。

最后，伊西精疲力竭地瘫倒在圆木筒上。可能已近黄昏了吧，因为井底已是一片漆黑。"不能绝望，不能绝望！"伊西这样告诉自己。为了恢复体力，增加活着出井的机会，他把围巾放在腿下，不让木筒的倒钩刺到身体，又斜靠着井壁，闭上眼睛睡着了。

突然，有什么东西在咬他，他慌忙跳起来。原来，是一种臭虫。天哪，这臭水潭里满是令人毛骨悚然的虫子！伊西抓住木筒一端的夹钳(那木筒似乎是个破辘轳)，谁料那钢块竟从木筒上脱落。

捏着这小疙瘩，伊西突然灵机一动，他开始在墙上刮凿。果然，刮着刮着，他感觉到有一处好像凹进去了。一摸，发觉那儿竟掉了一块砖。这下，希望来了。伊西想，如果每隔一定距离就挖掉一块砖，那他就可以踩着这些凹坑爬上去了。

他为这个想法兴奋不已。可他也意识到，首先得补充体力，他已好久没吃没喝了。他从口袋里掏出身份证胶套，小心地拨开水潭里的臭虫，盛了点水。轻轻啜一口，那臭水立即令他五脏翻腾，但他还是捂着鼻子，再啜了几口。说也奇怪，之后，伊西竟觉得四肢恢复了点力气。

接下来，伊西开始工作了。由于砖块潮湿发胀，紧紧挤压在一起，他只能从上面凿下拇指甲大小的碎片，再一步步地将整块砖弄碎。可功夫不负有心人，伊西发觉挖到了比他人高一点时，砖块比较松，进展顺利。而那些挖下来的砖块被他铺在井底，作为休息之用，这可比躺在那个破辘轳上舒服多了。

在这井底的世界里，伊西已没法判断时间。不知过了多久，他抬头看看，光线已较强了。而踩着踏脚处，回到井底，好像已有不少步数了，可能"工程"已过半了吧。事实上，伊西的估计是正确的，当时，22.5米深的井已被他凿到超过一半的高度。这时，伊西却因过度兴奋，一只脚不小心滑了一下，他赶紧用手指抓住砖块，手指甲也撕裂了。好在终于找到踏脚处，又站稳了。

就这样，又过了好一段时间，伊西觉得头顶一下子亮起来。再抬头，真的，他看到了一片蔚蓝的天空！然而，他的鞋子里却好像流着冰水。他咬咬牙，又爬到井底，脱下鞋子，才发觉脚因为冻伤而发黑，流着脓液。

原来，开始时他为了减轻痛楚，把脚浸在臭水潭里，因此产生了坏疽。伊西很清楚，一定得赶快爬出去医治，拖得越晚，他的脚就越危险。

想着想着，伊西决定还是再度爬上去，一块块地把踏脚处挖出来，再向上移动身体。然而，终究是很长一段时间没吃东西了，他渐渐觉得天旋地转，浑身无力。而以往学过的知识又告诉他，如果下去休息的话，极可能再也没力气爬上来了。

他艰难地用一只手抓住罅隙，另一只手撬砖块，而下颌支撑着身体一级一级往上升。然后，他感觉肩头渐渐暖过来，那是阳光照在身边。他终于重见天日了！

伊西挣扎着，虽然站不起来，可他还是笑了。邻居终于发现了伊西，他们急忙将他送往栋博堡的医院。这时，距离伊西掉入井中，已达6天又23小时。

抵达医院时，伊西还是很清醒很镇定的，但在医院里他却整整昏睡了三天。除了左脚趾冻伤外，他身上还留下了无数伤口，包括割伤、擦伤、虫咬等，好在那是能痊愈的。15天后，他出院回家休养，一个月后重返学校上课。

回娘家的鱼雷

第二次世界大战期间的一天清晨，太平洋日本附近的海面上空雾散烟消，浮云尽扫，阳光灿烂。

一艘日本运输货船昂首挺胸地"噗噗噗"前进。甲板上一个手拿望远镜的船员在向四下里眺望。

突然，这人尖声高叫起来："船长，船长，不好了！看，看，那是什么？"

几个船员顺着他所指的方向看过去，只见一个黑黝黝的长家伙，在水波上若隐若现，冲着他们飞快地掠来。

"是鲨鱼？——不，不，是鱼雷！"

话音未落，这枚长达5米的鱼雷已经轰然一声击中这艘运输船的中部。震得甲板上的船员个个落入水中。

船的中舱炸出一个大窟窿来，海水汹涌冲入，船体迅速下沉，吓得船员们全数跳水逃生。

这是谁放的鱼雷？

是美国海军的潜水艇"唐格号"，躲藏在日本货船眼皮底下的"水下魔鬼"。

它是奉命潜伏在这一带的，专门偷袭过往日本舰只。只要见了日本的船，不论是军舰，是军事运输船，还是客轮，一律"赐"鱼雷一枚。若是还击不沉它，就再"赐"它一枚。总之，务必让它们尽快到海龙王那里去报到。

这一招果然灵验，五天之内已经有13艘各种船只被击沉，吓得其他日本船只再不敢轻举妄动。日本海军的这条必经之路很快就被封死。

日本军队缺少了军事上必要的物资供应，马上前线吃紧。

日本海军部下令立即找到这个海底幽灵，不惜一切代价搞掉它。

但是派出去的日本舰艇，不是像海底捞月一般不见其踪影，就是一不小心又被一枚鱼雷击中。

"唐格号"上的鱼雷简直神了！至今，不发则已，一发即中，击中率是100％！

"唐格号"上的成员个个喜形于色。通过宣传媒介的介绍，他们已经成了美国人民心中的英雄。

只有艇长约翰逊还是一脸的冷漠和严峻，他深知事情恐怕不会总这么顺利。

第七天傍晚，海面上猛然出现一个黑点。瞭望员向约翰逊报告："报告艇长。前方两海里处，出现一艘日本运输船！"约翰逊沉声说："施放鱼雷！""得令！"射击手一个立正。三秒钟后，"嗖"的一声，一枚黑家伙从"唐格号"上射出，劈开波浪，朝那艘运输船飞去。

谁知，已经冲到离那艘日本运输船40多米的地方，这枚鱼雷却在水中划一个大弧，来一个180度的大转弯，又往回冲。

这时的"唐格号"因为见对方只是一艘运输船，所以大胆放心地浮上水面来。

水兵们见鱼雷不但打道回府，而且像是长了眼睛一般，直奔自己而来，个个大惊失色。见机早的连忙一跃入水；见机迟的只是呆在那里，不知怎么办才好。

约翰逊高叫："左拐，左拐！赶快避开它！"

说时迟，那时快，一弹指工夫，鱼雷已经来到眼前。不等"唐格号"躲开，"轰隆"一声，正中潜艇尾部。

三个舱部迅速进水，船体急剧下沉。

"跳水吧，不要再顾潜艇了！"这是约翰逊的最后一句话。

但是他自己没有离开，他愿与"唐格号"共存亡。

最后，逃得活命的仅有10人。

至于这枚鱼雷回娘家的原因，至今还没有人搞得清。

姆拉尼村

非洲坦桑尼亚西部马加拉河岸，有一个小村落叫姆拉尼村，全村有185户人家，男女老幼加起来总共753口人。

1984年夏天的一个夜晚，劳累了一天的人们早早地收拾好躺下休息了。约摸午夜时分，从远处传来"沙、沙、沙"的声响。声响越来越近了，阿姆西克没有睡稳，他听见了声响，觉得奇怪，就起来到窗前往外张望，只见大地似乎在颤抖。"啊，是地震！"他大叫一声，可仔细一看，又发觉不对。

这时，他的目光突然落在了窗子上。那上面有几条虫子正在蠕动。他发现自己的呼吸好像是突然停顿了。是阿非利加毛虫！

这是一种破坏性极大的虫子，所到之处寸草不生，人畜无剩。通常它们只在森林中活动，今天不知是什么原因来到了这里。得马上告诉村里人撤离。

阿姆西克打开门，想去叫醒村民们，可是已经迟了，就在他打开门的瞬间，"阿非利加"毛虫蜂拥而入，刹那间爬满了他的小屋。不少虫子还爬到了阿姆西克的身上。阿姆西克起先还使劲地拍打着，可只一会儿，他就再也没有力气了。虫子越来越多，他们爬进了阿姆西克的耳朵、嘴巴，咬着阿姆西克的眼睛，阿姆西克终于倒下了，顷刻间，淹没在虫堆里。

此时，已有不少村民醒了，他们跑出屋子，但马上就被虫子包围了。他们惊恐地四处乱窜，但到处是虫子。虫子被打死一批，马上又上来一批。身体差的村民再也逃不动了，都倒了下去。身强体壮的村民或爬上树，或登上屋顶，但终究也逃不出厄运。

不一会儿，这些虫子便爬满了树，爬满了屋。最可怜的是那些还在熟睡中的人们，他们还来不及睁开眼睛，便被虫海吞没了。村子中惊恐的叫声慢慢静了下来，只有"沙沙"声还在不停地响着。空气中透着一股凉意。

由于姆拉尼是一个偏僻的小山村，平时很少有人来这里。所以，直到一个星期后，邮差莫里加来送信，才发现村子里已没有一个活人了。莫里加慌忙报告了警察。

警察来到姆拉尼村。只见村里静悄悄的，有一股腐烂的气味。警察小心翼翼地进了村，只见到处是断砖残瓦，看不见一棵树或一棵草，有的只是一具具的残骸，整整753具，看来姆拉尼村确实没有活人了。

牲畜也没逃过噩运，猪、牛、羊的残骸到处都是。

在残骸旁，警察发现了许多虫尸，偶尔有几条还在蠕动着。

几个当地的警察惊呼道："这是阿非利加毛虫，魔鬼的化身。"强烈的恐惧感笼罩在警察们的心头。他们急急忙忙地将村子搜索了一遍，找不到一个活人。于是，他们浇上汽油，焚烧了这个村子。姆拉尼村从此消失了。

死 亡 石

非洲南端有个好望角，好望角上稀奇古怪之事特多。

好望角有一座高山叫耶洛山。这座耶洛山地处偏僻，又没有进山的路，山上光秃秃的没几棵树，而且土质极差，都是沙土和鹅卵石。很多人认为它没有价值，知道这座山的情况的人也很少。

1968年8月，南非地质勘察队奉命去勘察耶洛山，看看它到底有没有矿藏。勘察队由队长阿瑟、6名队员和1名女医生雷诺丝等8人组成。他们开进好望角，历经艰难，终于进入了耶洛山区。

勘察队对山区的土质进行勘察，勘察的结果令他们失望，这里多的是含石英极少的粉沙土，但也含有微量金刚石等珍贵矿物。阿瑟下令向山顶进发，去看看山顶有没有矿石标本。

他们一边劈路，一边登山。山上气候极其恶劣，一会儿骄阳似火，人好像要被烤熟一般；一会儿乌云密布，狂风大作，飞沙走石，灰土扬天，吹得勘察队员睁不开眼，等睁开眼睛时，原先劈的路已经没有了。作为勘察队员，对这种天气他们是司空见惯的，特别是夏季高山的气候更是说变就变的孩儿脸。阿瑟他们继续劈路前进。终于到了山顶，只见一片平地，偶尔有几棵粗茎细叶子的沙漠树。阿瑟他们拿着工具分头行动，四处寻找有特色的土块或矿苗。

突然，阿瑟的眼角瞥到一个亮光，刺得他连忙扭转头。凭经验，他断定闪光处是石英之类的矿苗。于是他向闪光处走去，果然在不远处发现一块发着蓝湛湛莹光的石头埋在沙下，只有乒乓球大小的一角露在外面，闪闪发光。阿瑟用小铁铲去铲，一铲铲下去，在沙土下碰到硬石，凭直觉可以知道那与露出在上头的蓝色石头是连在一起的。看来石头很大。他忙招呼其他队员过来。

队员们一见这块发着蓝光的石头，都觉得很漂亮，感到可能很有价值。于是大家一起小心翼翼地铲去蓝色石头周围的沙土。大约挖了两个小时，终于把它从地下挖了出来。这是一块非常漂亮的石头，大约有1.5米长，0.8米高，石头呈鸡蛋形状。它的上半部淡蓝，透着蓝湛湛的光，下半部却呈金黄色，偶尔有几点红色的发光斑点。这石头比重很大，估计有3吨左右。阿瑟他们特别高兴，尽管他们从未看到过这种石头，但看它的外貌，一定是很稀有的矿苗。这时，太阳已经沉下去，阿瑟命令队员们动手搭帐篷，决定在山顶上过一夜。明天将这石头运下山去，让专家们去鉴定。

月亮悬在山顶上，夜晚特别宁静、凉爽。勘察队员们兴奋不已，都围在石头边仔细欣赏。月光下，这石头上半部一层淡淡的蓝光如云雾一般环绕着它，显得典雅、清幽。下半部则是金光闪闪，富丽堂皇，嵌在上面的红点，时而发出红色强光，非常壮观美丽。雷诺丝喜欢得要命，搂着那石头，拍了好几张照片。

第二天，勘察队调来吊车和卡车，6个人在阿瑟的指挥下，在石头的腰部捆上绳索，大家拽着绳的一头，让石头顺着山坡滚下去，而队员们则紧握绳头紧跟在后面跑。到了山脚，吊车将它稳稳地吊进卡车，一切都很顺利。

汽车开了半天，突然6个队员不约而同地叫起来："哎呀，我怎么啦？我的身子麻木了……"

"不对，我的手不听使唤了，我不能开车了……"

"是呀，我的眼睛也很模糊，看不清东西了，雷诺丝，雷诺丝……"

车上乱成一团。6名队员神情恐惧。雷诺丝拿着急救包一会儿跑到这个面前给他按摩，一会儿跑到那个面前给他滴眼水。忙得团团转。但6名队员仍又嚎又叫。阿瑟的自我感觉尚好，他接过方向盘，全速朝最近的医院开去。

到了医院，检查结果是除雷诺丝以外，他们全身都染上了很多的放射性气体。勘察队7个人都住了院。

一个星期后，6个队员陆续死在病床上。他们肌肉萎缩，神经早已失控，医生用尽所有办法也没能治好这种奇怪的病。不久，阿瑟也死在医院里。但随队医生雷诺丝却毫发不伤。

至今，人们还说不上这块致人于死地的奇石是什么玩意儿，只能恐怖地称它为死亡之石。但目前实验的结果，死亡之石似乎对39岁的人不感兴趣，而当年雷诺丝恰好39岁。

杀人湖

  对于喀麦隆来说，1986年8月21日是一个提起便令人揪心的日子。就在这天夜间，距首都雅温得300多公里的尼奥斯湖吐出的毒气，竟使湖区周围1 800多人丧生。一向安分的尼奥斯湖一夜之间成了人们谈之色变的"杀人湖"。

  尼奥斯湖，又称列维湖，位于喀麦隆的西北部，距国界仅35公里。这是一个典型的火山湖，由阿库火山早年喷发留下的火山口积水而成。在喀麦隆，火山湖有几十个，单单阿库火山区就有好几个。

  正因为有了这些"鬼斧神工"的火山湖，阿库火山区成了著名的旅游观光胜地。山谷里的火山湖，就像风景区的眼睛，闪亮动人。清晨，湖面上空云蒸霞蔚；午间，湖水波光粼粼；傍晚，夕阳辉映，湖光山色尤为绚丽。

  在阿库火山区这些火山湖当中，面积1平方公里多的尼奥斯湖格外显眼。不知有多少人为它的奇丽所折服，也不知它因温顺乖巧而博得了多少人的偏爱。

  然而，尼奥斯湖酝酿已久的"哗变"终于在1986年8月21日爆发。

  进入晚上，湖区静寂安谧，微风吹拂，偶尔夹杂几声鸟鸣。时间一分一秒地溜过……突然，一声"轰隆"巨响划破了夜空。紧接着，从水底迅速冲起一股股圆柱形的气体。

  湖水翻腾，卷起几十米高的波浪。雾气转瞬间弥漫整个湖盆。这时，大风骤起，雾气顺风向谷地飘去。

  雾气飘至离湖1.6公里的尼奥斯村时，大部分村民已就寝，少数还在进餐。尚未入睡的村民闻到一股臭鸡蛋味后，绝大部分人很快失去知觉，接着窒息而死。

  已进入梦乡的村民再也未能睁开眼睛。少数人在窒闷中摸出家门后，拼命奔跑，但不久便撕衣捶胸，惨叫声由强而弱……全村1 200余人身亡。

雾气下移，渐抵察苏本村、放村，又夺去了两村绝大部分村民的性命。在努瓦斯镇等地，也有不少居民惨死。由于这些区域幸免于死的居民大都处于昏迷状态，无人报信，政府方面一直到24日上午才得悉尼奥斯湖附近的惨剧。

这天早晨，一些外国游客在导游的带领下驱车来到阿库火山脚下，然后翻过山头向尼奥斯湖走去。刚下到山腰，就见湖水一片血红，接着又发现草丛中有许多死去的动物。顿时，游客们一片恐慌，匆匆撤离。

经过尼奥斯村时，他们对村子里异常的寂静感到奇怪，便下车看个究竟。推开一扇农舍门，他们大吃一惊。只见一家6口有5人死在餐桌旁，女主人倒在厨房门口。尸体发出一股股腐味……

消息传到雅温得，直升飞机载着警察和救援人员火速而至。惨状目不忍睹：室内室外到处是人、畜尸体，连蚂蚁、苍蝇和啄食尸体的兀鹰也悉数死亡，草木枯黄。他们一边抢救尚存一息的居民，一边继续搜索。结果显示：湖区周围共有1 800多人身亡。

整个喀麦隆为之震惊，接着整个世界为之震惊。

随后，来自许多国家的专家赶到湖区。经测算，发现尼奥斯湖水位已下降1米，200米深处二氧化碳含量高达98％。

经过对残存的少量雾气和水样的化验，得知尼奥斯湖散发的雾气主要成分是二氧化碳，并夹有硫化氰等有毒物质。而湖中高浓度的二氧化碳则由火山筒积水渗漏带入湖底累积而成。

据推测，21日晚雾气中二氧化碳的含量高达20％。空气中大量二氧化碳及有毒物质的存在，导致大批人、畜缺氧中毒而死亡。

蚊　灾

在大西洋的比夫拉海湾里，有一座名叫邦邦邦的岛屿，它的名字来自跟它发音完全一致的音响。原来，这座由珊瑚礁围成的岛屿，只要用棍子在它随便哪一块礁石上敲敲，都会发出悦耳的"邦邦邦"的声响，这声响还能从别的礁石缝里传出来，真是十分神奇。

由于喀麦隆人的长期耕耘种植，邦邦邦岛上的热带植被日益茂盛，吸引了一批又一批游客。小岛上又建起了一座座旅馆，生意很红火。

1983年初夏的一天，游人们又拥上了邦邦邦岛，开始了他们向往已久的游览。导游照例拿出特制的小木棍，在一块礁石上敲了三下，那闻名遐迩的声响立刻响遍了全岛。

突然，游客们又听到一种奇怪的声音，这声音像蜜蜂群飞临头顶，但显得有点沉闷，一时又看不到四周有类似蜜蜂的东西。正在这时，有几名妇女叫起来了，原来，她们发现，不知从哪里钻出来许多黑白相间的小虫，像一支支标枪似的直朝她们身上暴露的部分戳过来，在她们身上咬起无数个肿块。

嗡嗡声是蚊子发出来的。人们连忙用手帕和草帽驱赶，一阵慌乱过后，眼前的蚊子渐渐稀少了。

但是，当一位游客又用他当纪念品买来的小木棍敲响礁石时，突然"轰"的一声，他们附近的灌木丛里像是升起一朵黑色蘑菇云，数以亿计的蚊子飞了起来。蚊子一大团一大团地散开来，像黑色烟雾一样，把游客们团团围住，凶猛地叮咬他们。

蚊群密集得超过狂风暴雨，游客们差点都要窒息了。他们稍一张口，嘴里就飞进几只蚊子，鼻子呼吸也一下子吸进几只。他们乱蹦乱跳，乱拍乱打，也无法摆脱这些蚊子的进攻。

导游也从未遇到过这种情况，只得喊道："大家注意脚下，循原路逃回旅馆去！"

游客们纷纷躲进旅馆房间，紧紧关闭纱窗纱门，在房间里又噼噼啪啪地打了半个小时，才将跟着他们冲进房间的蚊子消灭光。

这时，游客们细细察看这些蚊子，才发现它们的长相十分狰狞：腿脚和身上长着细细的黑毛，又尖又长的嘴像一把把黑色匕首，吸足血后的肚子竟像一颗颗樱桃！

这是什么种类的蚊子？怎么会有如此之多？

邦邦邦岛上的所有的人都躲在屋里不敢外出了。即使这样，那些蚊子还在屋子外面盘旋，尖利地叫着不肯散开。

这件事立刻惊动了喀麦隆政府。第二天上午，一架轻型飞机被派来喷洒杀虫剂。一时间，整个小岛上浓烟滚滚，浓烟过后，邦邦邦岛上留下了厚厚的一层蚊子的尸体。

大家以为可以喘一口气了，傍晚时分，都从屋里跑出来，想呼吸一下海风带来的新鲜空气。谁知，又是"轰"的一声，蚊子组成的"黑色蘑菇云"一下子又遮天蔽日，吓得人们又只能拼命往屋里跑。

第二天早晨，除蚊专家科莫诺乘着飞机来到岛上。他和他的助手戴着面罩，身穿厚厚的帆布防护服，沿着环岛的礁盘进行调查。科莫诺断定，多孔的珊瑚礁内一定有奥秘，可怕的蚊群一定与它有关系。

果然，他们在一个由珊瑚礁围成的小湖里发现了蚊群的巢穴。黄褐色的湖面上厚厚一层蚊子的幼虫子孑在上下蠕动着，令人毛骨悚然。

不填平这个小湖是没法使怪蚊灭绝的。科莫诺和助手们开来推土机，将土一铲铲推进小湖。这时，小湖周围的礁石像是突然变成了一个个怪兽，发出奇怪的吼声，接着，一群群蚊子又遮天蔽日地飞腾起来，向科莫诺和他的助手发起了围攻。

但是，科莫诺他们早有准备，个个穿戴得严严实实，不露半点破绽。科莫诺按动大型环绕喷雾器的电钮，一种新配制的特效灭蚊剂立刻向蚊群来了个反包围，顷刻之间，四周又落满了厚厚一层蚊尸。

三天后，小湖被填平了，蚊灾也被扑灭了。

死灰吞没古城

　　维苏威火山是世界上最著名的火山。自古以来，它一直是个令人恐惧的巨人，经常吐出血红的火舌，吞噬周围的山川田地，城市房屋。

　　2 000多年前，维苏威山脚下有两座古城，即庞贝城和埃尔科拉诺。那时人们不相信维苏威是座活火山，更不相信它会再次爆发。他们认为，这座昔日的火山因缺乏燃料已经熄灭。山顶的火山口，里面长满了树木杂草，有的树高达十多米，可见它已休眠多年了。

　　由于这里地处那不勒斯海湾，气候宜人，景色秀丽，古罗马许多达官贵人在城里城外修建了豪华的别墅。旅馆、饭庄、商店和海边浴场更是遍布山丘和海滩。庞贝城和埃尔科拉诺成了远近有名的游览城市。两座城市都有两万多居民，在当时来说，已称得上繁华的都市。

　　公元79年8月24日，庞贝城和往日一样，大街上车水马龙，热闹非凡。逛街的，散步的，沿街做生意的，人来人往，到处呈现出一派和平安宁的景象。

　　傍晚时分，住在庞贝城边的小格普的母亲，急匆匆地买菜回来，她要快点赶回家烧饭，儿子小格普就要放学了。走着走着，她一抬头，看见维苏威火山上升腾起不同寻常的云彩，开始时呈现出高大的柱状，并且迅速地向高空伸展。眨眼间，圆柱形的云彩向四周扩散，变成了蘑菇形状。这种蘑菇状黑云逐渐铺开，天空变得时亮时暗，但是黑暗中也闪现出斑驳亮点。此刻，天地间灰蒙蒙的一片，看不清房屋，辨不明方向。好在小格普的母亲已经到了家门口，她三步并作两步跨进门，发现儿子已回来了。

　　见到母亲，小格普大叫起来："妈妈，火山爆发了！我们快逃吧！"妈妈一把搂住儿子，说："现在不能出去，外面什么也看不见，等等再说吧。"

　　就在这时，维苏威火山出现几次猛烈的喷发。夜色愈浓，火山喷出的火舌更为明显。小格普和母亲紧紧地依偎在一起，他们盼望火山快快停止喷发。忽然，大地开始抖动，房屋发出"嘎嘎"的响声。小格普的母亲拽着儿子冲出门，逃到户外的空旷处。空地上已有许多人，人人心头都笼罩着一种大难临头的恐惧感。好不容易挨到天亮，他们决定离开庞贝城，向安全的地方逃去。

人们涌出庞贝城，没走多远，便停下了。前面的道路已被地震波毁坏了，到处都是波浪状的沙石包。马车尽管行驶在平地上，还是在剧烈地抖动，即使用大石块压在上面，也无法使马车不颠翻倒下。大地在剧烈地抽搐颤抖，大海也在塌陷。海水被吸到大海深处，海滩向前扩展了许多。毫无疑问，这是地震引起了海啸。许多海洋动物因此留在了海滩。天边一团可怕的乌云火光闪闪，巨大的火光时而分成数条蛇状的火带，那火带有些像闪电，但远比闪电强烈。

火山灰开始下落。小格普回头一望，只见一股浓烟像洪水般从后面涌来。他大吃一惊，喊道："妈妈，赶紧逃吧。趁现在还能看见，快点离开大路。不然，会被人群踩死的！"

他们刚离开大路，眼前立刻就变得一片黑暗。这种黑暗不像是没有月亮的夜晚，也不像是乌云满天的夜晚，而是像房间里突然熄灯后的那种黑暗，令人恐惧的黑暗。

在这伸手不见五指的黑暗中，到处是妇女们的号啕声、孩子们的尖叫声和男人们的呼喊声。父母在呼唤儿女，妻子在呼唤丈夫，只有在呼唤中才能辨别出自己的亲人在哪里。一些人在死亡面前惊恐而虔诚地祈求众神保佑。但更多的人认为，世界的末日——永恒的黑夜已经降临，它将把众神和人间一起毁灭。

这时，天空出现了一道微弱的亮光。但人们觉得这不像是黎明的曙光，而是有大火逼近了。火流在远远的地方落下来，于是黑幕又降临了。厚厚的火山灰像下雨似的纷纷落下，人们不得不随时抖掉落在身上的灰尘，要不准会被它掩埋掉。

过了好一阵，黑幕终于像烟云一样慢慢消散。白天真的回来了，与白天一起出现的还有太阳。不过，阳光昏暗，就像发生了日蚀似的。小格普和家人在希望和恐惧中度过了一个焦虑不安的夜晚，第二天终于逃出了这片恐怖的地区。

　　庞贝城的一大半人逃出了灾区，但至少有近万人丧生。他们有的为了寻找亲人走晚了一步；有的自信能历经大难而不死，不愿离开；有的被黄金珠宝迷住了心窍，舍不得离开。当火山灰遮天蔽日地降下来时，他们迷失了方向，被灼热的死灰吞没了。

　　连续七天七夜，天空都飘撒着滚烫的熔岩块，落下的火山灰有几百万吨。最后一天，出现大量有毒的蒸汽，形成一片毒云。毒云扩散了，杀死了所有还没有撤离的人。接着又暴发了山洪。洪水、泥浆、火山灰迅速混合而成火山糊。这种炽热的糊状物质顷刻将庞贝城团团裹住，把它掩埋，深达14米。

　　接着，火山糊又沿着山坡流向埃尔科拉诺，封住了该城的北面城墙。惊慌失措的居民有的冲向海滩，有的钻进山腰穹洞。但是，火山糊很快破城而入，冲毁房屋，侵入街道，形成滔滔巨浪向海滩奔泻。

　　大量的火山糊把埃尔科拉诺城深埋达20米，躲在穹洞和海滩的人群都未能幸免于难。即使登上船只的，也因火山爆发引起的海啸将船只推回岸边，而被火山糊吞没。

　　这两座繁华的古城深埋在厚厚的火山糊中，从此在地球上消失了。

最后的死亡者

公元79年8月24日子夜，一个叫丘培居的美丽的小镇进入了梦乡。

小镇万物静寂，漆黑一片，只有镇子东头的一间小屋里还亮着灯光。这是沃尔夫·汉高森的家。

摇曳的灯光下，汉高森坐在桌前对妻子说："艾莉西娅，明天我要出远门了，你在家要好好地照顾女儿。"

艾莉西娅望着丈夫，神情忧郁地问："你要去多久？"

"一个月就回来，你放心吧。"

艾莉西娅点点头，说："早点睡吧，明天还要起早赶路。"

汉高森点燃一支烟，对妻子说："你先睡，我再坐一会儿。"

艾莉西娅进里屋睡觉了。汉高森将屋里看了一遍，琢磨着临走前还能帮妻子做点什么。想了好一阵，也想不起还有什么要干的事，他便掐灭烟蒂进屋睡觉。

突然，"轰隆"一声巨响，大地猛地颤动了一下，丘培居右侧的火山爆发了。

天空中升起一朵冒火的蘑菇状云彩，不断升腾的火舌和亮光把丘培居照得通亮。

刚躺下的汉高森从床上跳了起来，三步并作两步跨出家门。他惊奇地看着那朵蘑菇云，自言自语地说："这云彩真奇怪，可能要发生什么事。"

汉高森转身进屋去叫艾莉西娅。

就在汉高森进屋的刹那间，灼热的岩浆从火山口喷涌而出，一下冲出200多米高，火光照红了方圆10公里的夜空。

丘培居镇上的人们都惊醒了。当他们看到头顶上空翻卷的火舌，一个个吓得浑身发抖，不知所措。大人、孩子一起涌到小镇街上，狂喊乱叫。

为了躲避火山带来的灾难，人们开始拼命朝镇外奔跑。

岩浆激流以迅雷不及掩耳之势朝丘培居镇冲来。惊慌失措的人们还没有跑出小镇，就被炽热的岩浆淹没。

这时，全镇只剩汉高森一家三口了。

汉高森的家是全镇的制高点。呼啸闪亮的岩浆像火龙一样四处肆虐横行时，汉高森和妻子站在家门口，嘴巴都圈成了句号，眼里闪着痴呆呆的光。

岩浆吞没了丘培居镇后，又朝着汉高森家的方向滚滚而来。

汉高森猛然想起睡在屋里的女儿，他对妻子大叫："艾莉西娅，快，快去叫女儿！"

艾莉西娅冲进屋，在门口遇上了已吓醒的女儿。

"快逃！"汉高森惊慌地拉着妻子和女儿的手，拼命地往高处跑。一家人跌跌撞撞，没跑多远发现了一间小石房，惊魂未定地躲了进去。

艾莉西娅和女儿哭叫着、颤抖着，汉高森也两腿发抖。他不停地在胸口划着十字，希望上帝前来拯救他们。

尽管汉高森划十字的手划破了胸前的衣衫，岩浆的液面仍无情地上升。

汉高森下意识地用强壮的身体护住妻子和女儿。他们发出绝望的呼叫。

门前的大树连根拔起。石房顷刻翻转倒塌，坠落的屋顶石梁砸伤了汉高森的双臂和后背，艾莉西娅的左腿也被石柱砸断。尽管这样，夫妻俩仍紧紧地将女儿护在中间，没让她受到一点儿的伤。

突然，大地剧烈地摇晃起来，一下将汉高森摔出四米多远。艾莉西娅惨叫一声："汉高森！"她随即昏倒在女儿身旁。

没等汉高森爬起来，灼热的岩浆汹涌而来，一下子将他们浇铸于40多厘米厚的地下；这一家三口成为这次火山爆发中的最后死亡者。

火山平息后，三具尸体逐渐埋入泥土和乱石之中。经过1 900多年的风化变成既不同于木乃伊又区别于化石的"琥珀人"。三个"琥珀人"二横一竖，罹难时丈夫拼命保护妻子、女儿的姿态仍栩栩如生。

"琥珀人"出土时间是1991年5月14日。这天清晨，一个叫赫尔左特·彼得夫的德国农民从几公里外的家中带着一把镐头和一把铁锹独自闯进丘培居死亡禁区，想在这里开荒种田。

彼得夫恰巧来到汉高森一家罹难的地方。晨风习习，远山传来阵阵狼嗥。他顿时毛骨悚然，但还是勇敢地脱掉外衣，用铁锹挖土。

荒地硬邦邦的，怎么也下不去锹，他改用镐头，由于用力过猛，镐头迸出火星。

彼得夫双手被震得发麻，立即意识到下面有宝，便兴奋地用铁锹铲掉硬物上面的浮土。

当他铲出第一个"琥珀人"——汉高森的女儿时，误以为是人体化石，竟欣喜若狂地跳起来，说："我挖到宝贝啦！"

半天时间，彼得夫终于使三个"琥珀人"重见天日。

1992年，彼得夫被文物局推选为丘培居"琥珀人"旅游城的董事长和总经理。

经过5年多的建设，这座曾被火山吞噬的小镇已变成德国一座初具规模的旅游名城。

来自世界各地的旅游者络绎不绝。人们不但欣赏了旖旎的风光，还从"琥珀人"奇观那儿受到了爱情和亲情的感染。

海上绿野

　　海藻是一种海洋生物。这些藻类植物为人类带来丰富的食品，有着各种用途，但在大西洋的一处海区里覆盖着的一大片绿藻，却成为航海者的死亡之地。数百年来，这片美丽的绿色世界曾引来许多航海者的好奇，随之又把这些探险者葬身于海底。久而久之，恶名传开，令海员们闻之丧胆，望之却步。尽管人们美其名曰"海上绿野"，但更多的人则视它为"航船的坟墓"。

　　1492年大航海家哥伦布率船队航经此处附近洋面。一日，海上狂风大作，恶浪滔天，小山似的排浪，时而把帆船顶上浪尖，时而把帆船抛入浪谷。就连哥伦布也匍匐在甲板上，不断祈求上帝保佑。正在此时，有水手报告，前方似有一座小岛，众人听了喜不自胜，全体人员合力掌舵张帆向目标驶去。不久，一道白色水线清晰可见，人们断定那是海岸，帆船可停靠暂避风浪。惟独哥伦布一人摇头不止，以他多年的航海经验判断似乎不像海岛。如果是海岛，怎么不见悬崖岗峦？再说此处虽呈绿色，怎又不见树木？他疑虑再三，心中默忖，莫非这里是一座水下浅滩？又想这虽不及海岛可靠，但比任由风浪作践要好得多了。想罢，令众人奋力前行。

　　帆船到了绿色边缘，众人细看方才明白此处既不是岛屿，也不是什么浅滩，而是一望无际的海藻王国，各种各样的藻类植物相互交织成一片绿色世界。在巨大风浪的推拥下，此起彼伏，显得相对平静。众人都说奇怪，为何这里如此"太平"？说话间，帆船已驶入藻区，但速度大为减慢，也不再癫狂。大家不觉心中一喜，感叹道：世界真奇妙，海面长青草能抗风，是座天然避风港。眼看天色已晚，哥伦布于是派人值班，令其余海员生火做饭，待风浪过后继续东行。

　　黑夜，值班海员见帆船平稳，又想此处不是海岛，没有土人、海兽上船袭扰，于是放心大胆地躺在甲板上打起盹来。到了后半夜，风浪已大为减弱，从云缝中还不时透出一丝月光。突然，甲板上一名船员发出几声惨厉喊叫，然后发疯般地在船前船后狂奔不息，两手不停挥舞，在身上又抓又扯。他的叫声惊动了众人，以为发生了什么事，纷纷起来。最前面的一名船员，在朦胧月色中，突见前方冲来一头怪物。但见怪物全身上下披挂着长长的飘带和许多绿色树枝，两眼射出亮光，显得异常狰狞可怕。人们正要躲闪，忽听怪物大叫一声："救救我呀！"便倒了下去。人们听得清楚，这是水手亨利的声音，便纷纷上前观看。但见亨利满身都是海带、紫菜、石花菜、龙须菜等海藻植物，众人顾不得追根寻底、七手八脚在他身上拉扯了一阵，总算把人救活了。

一场无声的、莫名其妙的偷袭，搅得人心惶惶。待到天亮，人们看到甲板上还有许多在夜间偷袭上船的藻类植物，而且船体周围也都爬满了藻类，有些竟像蛇一样游上甲板，哥伦布一见此情景，不觉心头一阵紧张。以前他曾听说，此类海藻不是魔鬼、胜似魔鬼，人和船只一旦被其缠住，便是九死一生。想到此，他立即拉响警铃令全体船员急速起锚开航。

可是，此时启航为时已晚，风帆已经扯足，无论海风如何劲吹，帆船除了摇晃几下，几乎原地未动。人们细细察看，只见船体四周海藻像无数根缆绳拖拉住了船体。于是海员们拿来一切可以用的工具，有的捞拨，有的砍斩，忙了好一阵，帆船总算朝前走了，但速度非常缓慢，因为吸附在船底上的藻类是无法除掉的。

这样航行了半天，人人精疲力竭，似已无力支撑。正在这时，一幅恐怖景象呈现在人们眼前：只见前方不远处藻面上露出一根帆船桅杆，杆上爬满了业已晒干的海带。再看四周，但见船头或船尾时隐时现。可见此处遇险者已非少数，人们看了一阵，个个毛骨悚然，奋力加油，企求早日驶出这死亡海域。

屈指算来，哥伦布已在"海上绿野"航行半月有余，但前方依然一片绿色茫茫，何日能到"绿野"尽头？谁也不得而知，就在这度日如年的时刻，他们又遇到了一次新的风浪。那天，烈日当空，被阳光照射后发出的一股股海藻腥臭恶味，熏得大家呕吐不止，许多人都以为这次得葬身藻底了。谁知天无绝人之路，天边涌起云山，瞬间风浪四起，下起了暴雨。众人精神为之一振，心想，当初为避风浪误入魔区，今日为何不可再趁风浪闯出魔区？于是人们奋力合作，经过几天的努力终于死里逃生，驶出了魔藻海域。

意外遇灾

1904年深秋，德国"凯撒号"货船正在茫茫的太平洋上航行。

这天，天气特别好，海面上风平浪静。"凯撒号"已不是头一回在这条航线上行驶，船员们显得非常轻松愉快。中午，除了两名舵手留在驾驶舱里，剩下的28名船员都和船长斯迪罗卡集中在船舱里吃饭。

就在大家端起饭碗时，忽然，船身剧烈地摇晃起来。船员们都吃了一惊，不知出了什么事，纷纷趴在窗口向外看。

顿时，船员们吓呆了。只见水面上出现一个巨大的怪物，张着大嘴，吐出一股又臭又腥的气味，熏得几名船员当场呕吐起来。

货船很快被怪物控制了。它把好几条柔软而有力的腕足伸向甲板，并从上面卷过来。每条腕足都有碗口粗，十多米长。幸亏甲板上没有人，要不然一下就被它卷下大海。

"不好！是章鱼，是巨型章鱼！"斯迪罗卡船长失声惊叫道。

顿时，船员们被吓得全变了脸色。他们对这家伙早有耳闻，据说它的腕足足以掀翻一艘军舰。看样子，这次是大难临头了。

船员们正要各自逃命，忽然，海面上又出现了一个巨大的漩涡，漩涡里冒出一排几丈高的水柱，而且正慢慢向这边靠近。

斯迪罗卡看见了，一拍大腿，兴奋地叫了起来："不用慌了！那是章鱼的死对头抹香鲸。这下我们可有救了！"

惊慌失措的船员们听到船长的叫声，只在窗口露出半个脑袋，依然紧张得喘不过气来。

他们心里想："这两个庞然大物真要是较上劲，我们也要遭殃，还不知是死是活呢。"

这时，抹香鲸已将半个身子浮出水面。它冲着章鱼张开山洞般的大嘴，露出尖锐的牙齿，就像一把把匕首，眨眼间就来到了章鱼的身边。

这会儿，章鱼也发现自己的克星扑了过来，但货船拦住了它，使它无路可逃。

章鱼只好松开吸在船上的大腕足，孤注一掷地用腕足狠狠抽向抹香鲸。

抹香鲸大概没想到章鱼会来这一手，不及躲闪，被章鱼迎面击中，头部立刻就被腕足紧紧缠住了。

章鱼乘势猛攻，所有的腕足从四面八方劈头盖脑地卷了过来，无数吸盘立即牢牢地吸在抹香鲸的身上，深深地扎进它的皮肉里。

抹香鲸并没有束手待毙，它看准时机，猛地一口咬住一条腕足，只听"咔吧"一声，章鱼的那条腕足顿时离开了身子。章鱼也顾不上疼痛了，剩下的腕足在抹香鲸的身上越缠越紧。

抹香鲸猛然甩动尾巴，全身用力一摆，转了个圈子，想甩掉章鱼的裹缠，但没有成功。

此刻，章鱼正悄悄地移动着腕足。看样子，它企图偷袭对手的眼睛。

抹香鲸似乎看出它的诡计，快速移动身子，张嘴去咬章鱼的脑袋。可是，咬了几口都没咬到。

双方势均力敌，在大海中搏斗着，翻滚着，掀起一层层巨浪。

"凯撒号"的船员们一个个眼睛瞪得老大，看得入神，全然忘记了自己的安危。

两个庞然大物僵持不下。

突然，抹香鲸腾空而起，连同章鱼一起飞离水面十多米高。紧接着，"啪"的一声，又重重地落在水面上。

这一起一落何止千钧之力，激起的浪花落在甲板上"噼里啪啦"地到处响。

响声还没停，抹香鲸又一次腾空而起，再次重重地把章鱼撞击在海面上。

章鱼连续遭到两次撞击，腕足松了些。但它马上又紧紧地缠住抹香鲸，拼命地想向海底沉去。

这时，海面上慢慢地恢复了平静，船员们也缓过神来。船长斯迪罗卡对大伙说："快，开足马力离开这地方……"

话音未落，海面上"哗"的一声，抹香鲸又带着章鱼跃出水面。

这一次好像是原子弹爆炸，海浪如同蘑菇云一般激得老高。顷刻间，灾难降到了"凯撒号"上，巨浪一下把货船掀了个底朝天。有20多名船员立即被扣在船底，再也出不来了。

抹香鲸还在不停地撞击着章鱼，又有三名船员被溅起的海浪击昏，沉下了海底。

这会儿，章鱼好像顶不住抹香鲸的剧烈撞击，吸在它身上的腕足一下子松弛开来。抹香鲸顿时浑身轻松，猛地张大嘴巴，一口把章鱼的大半个身子吞了下去。

海面上只剩下船长斯迪罗卡和6名船员，他们看到这一切，全吓得魂不附体，一个个拼命地划水，生怕自己被吸进那令人恐惧的"黑洞"。抹香鲸把章鱼完全吞进肚子后，一甩尾巴，悠闲地朝大海深处游去。

斯迪罗卡船长感到又惊奇又害怕，万一抹香鲸再回来，可能不会再这么幸运了。他把活着的6名船员叫到身边，说："大家快划水，这儿太危险！"

他们拼命地朝遥远的地平线游去。后来，一艘货船发现了他们，将他们救上了船。

飞艇爆炸

1936年3月24日，一艘以当时德国总统的名字命名的"兴登堡号"新飞艇，终于完工了。

这条"空中巨鲸"耗资360万美元，体长245米，高44.8米，总重195.5吨，可载重19吨，巡航速度每小时121公里。艇内设有淋浴室、餐厅、豪华客厅。飞艇的货舱很大，足以容纳汽车和小型飞机。

"兴登堡号"同世不久，德国人便启用它开辟了横越大西洋的德国——美国航线。在1936年这一年中，它10次飞抵美国。

1937年5月3日，"兴登堡号"离开德国法兰克福，开始了本年度第一次越洋飞行。飞艇载有61名机组人员和36名乘客，飞行的目的地是美国的莱克霍斯特。

5月6日下午3时12分，飞艇终于在莱克霍斯特北面上空出现了。这时，天空突然乌云滚滚。艇长马克斯·普鲁斯不禁担心起来，他立刻通知机场：暂缓着陆。等候在机场的人们眼睁睁地望着飞艇一掠而过，继续朝南飞去。突然，天空一声炸雷，下起了大雨，人们东奔西跑找地方躲雨。

下午6时刚过，机场控制塔的负责人查尔斯，用无线电通知普鲁斯艇长，天快转晴了。此刻，"兴登堡号"已飞临费城上空，接到信号后，马上调头回飞。

7时整，飞艇飞回机场上空，在空中盘旋。250名地勤人员已各就各位，只等飞艇降落。此时大雨已减弱为毛毛细雨。在查尔斯的导航下，飞艇开始徐徐降落。

飞艇上的乘客纷纷涌到窗口，向下张望，一个个神情愉快，喜笑颜开。等待已久的地勤人员终于抓住了飞艇上抛下来的降落索。此刻，时针指向7时23分。

这时，飞艇尾部突然颤动了一下，似乎飞艇上的气囊漏掉一些气体。

为保持飞艇的平衡，艇长普鲁斯命令放掉1000加仑的尾部压舱水。由于飞艇驶进停泊塔时速度过快，普鲁斯又命令倒开尾部的两台柴油发动机。却没想到发动机在排气时水花飞溅，竟酿成了悲剧。

突然，一声巨大的爆炸犹如晴天霹雳。在爆炸声中，"兴登堡号"断为两截，尾部下坠，腹部和头部却冲向半空，在炽热的空中停留片刻后，又摇摇晃晃地坠落下来。地上、空中都吐着巨大的火舌。

这惊天动地的爆炸，把机场上所有的人都吓得目瞪口呆。飞艇就像纸糊的一样，裂成碎片，飘飘洒洒，坠落在他们周围的都是着了火的篷布片。

艇长普鲁斯开始只感到一阵轻微的震动，他还以为是一根降落索断了。接下来的爆炸声和人们惊恐的尖叫声使他顿时明白过来。

"不好了，飞艇出事了！"报务员喊声未落，飞艇尾部猛地下坠。顷刻间，人、用具以及所有没有被系缚住的东西全部翻滚着，一起倒向尾部。

飞艇爆炸后一分多钟，尾部便撞落到地面。在现场目睹爆炸惨景的人们，很难想象飞艇中会有人侥幸活下来。实际上，有为数不少的人居然逃过了这场灾难。

爆炸刚一发生，20多名很快醒悟过来的机组人员和乘客，立刻从各个舱房里往外跳，但多数摔死在地上。尾翼装配工汉斯·弗兰德，当时他刚把降落索从飞艇腹部扔向地面，一声爆炸将他震昏。他却下意识地抓住降落索滑落到地面上，幸运地得救了。

一位名叫麦瑟尔的乘客，一家人都在飞艇上，出事的时候她大声呼叫丈夫，但丈夫不知去向。她意识到只有靠自己去救她的三个儿女了。她把儿女一个个抱到窗前，先奋力举起10岁的女儿，可女儿太重了，她只好放下。接着她抱起两个儿子，竭尽全力把他们塞出窗口。两个小孩得救了，她也在两名机组人员的帮助下，脱离了险境。而她的丈夫和女儿却被爆炸后燃起的大火烧死了。

一名杂技演员从舱内爬到舱外，毅然跳了下来。跳下后，他首先想到尽快离开此地，因为不时有飞艇的残骸飞落地面，在他周围着火燃烧。他艰难地匍匐爬行，终于逃离险境。

艇长普鲁斯是最后一批跳离飞艇的。当时，飞艇头部向地面坠落的速度已经加快，他从飞艇腹部的窗口跳下，衣服和头发都在燃烧，就像是一只从天而降的火鸟。他着地后，不顾自己的伤痛，多次来回帮助营救乘客和机组同事。他由于烧伤严重，最终倒下了。

飞艇残骸轰然落地后，上面的幸存者都争先恐后地往外冲，他们或跑或爬，或由他人背着搀着。许多人被严重烧伤，浑身一片焦黑。

爆炸发生后仅几分钟，大批消防人员和医务人员就火速赶来抢救。

"兴登堡号"爆炸事故中，死亡36人。还有三分之二的人员生还，相对来说是比较幸运的。这主要是因为失事时飞艇离地面不很高，而艇舱并没有直接硬撞到地面。这大概与庞大的艇架和气囊很自然地起到降落伞和缓冲器的作用有关系。

不久，美国和德国都专门组织人员进行调查。美国方面认为，飞艇爆炸，很可能是当时暴风雨所产生的球形闪电所引发的。德国方面则认为，飞艇尾部的抗剪力钢丝将尾部气囊划破，致使氢气外漏；而飞艇是在雷云区盘旋几小时后才着陆，艇体带有静电，而被雨淋湿的降落索与地面接触后产生电火花，使外漏的氢气点燃爆炸。

不管出于什么原因，"兴登堡号"最终在烈火中化成了灰烬。

高速列车出轨

1998年6月3日上午10时，德国南部的慕尼黑火车站里人来人往。广播里响起播音员小姐亲切的声音："各位旅客请注意，开往汉堡的884次高速列车，现在开始检票，请准备上车。"

候车的旅客们纷纷站了起来，排着长队开始上车。这时，从进站口走过来40多名小学生。在老师的带领下，他们排着整齐的队伍登上了2号车厢。这是慕尼黑拜罗克特小学五年级的同学们，他们是去汉堡参观的。为确保孩子们的安全，车站专门为他们腾出2号车厢。车窗外，许多学生的家长频频地向孩子们招手，嘱咐他们路上小心，注意安全。

"呜——"随着一声嘹亮的汽笛声响，884次高速列车启动了。

这趟列车总长410米，14节车厢，共有座位759个。今天不是周末，车上没有满座，只有520名乘客。2号车厢最热闹，孩子们有说有笑，叽叽喳喳，像一群小鸟。

这时，服务员吉诺伊小姐走进2号车厢，对孩子们说："同学们，这趟列车是从南部开往北方的，路上需要很长的时间。哪位同学渴了，就告诉我，我给他送水。"

"谢谢阿姨，我们不渴！"同学们齐声回答。

吉诺伊一眼看见坐在中间的蒙迪斯，便又问大家："同学们，你们知道这趟列车是谁开的吗？"同学们你望望我，我看看你，谁也说不上来。吉诺伊正要告诉同学们，忽然有个女同学站了起来，指着蒙迪斯说："是他爸爸开的！"

听说是蒙迪斯爸爸开的车，同学们都向他投去美慕的目光。有的同学挤到蒙迪斯身边，对他说："我长大也开高速列车。"蒙迪斯非常骄傲地告诉大家："等我长大了，就开这趟列车！"

884次高速列车以每小时200公里的速度向前飞驶。驾驶员帕德博恩今天心情也特别高兴，开了10年的高速列车，儿子还是第一次坐上自己开的车。他要把全车的旅客和儿子平安地送到汉堡。

帕德博恩两眼盯着前方，谨慎地驾驶着，前面就是一座横跨铁路的公路桥。"呜——"他拉响了汽笛，车头迅速穿过桥洞。突然，他听到后面"轰隆"一声巨响，列车戛然停下了。帕德博恩不明白正在飞驶的列车怎么会突然不走了，他从车窗伸出头朝后面望去。"天哪！怎么会这样？"帕德博恩失声叫道，他立刻跳下车往后面跑去。

帕德博恩做梦也没想到，横在空中的公路桥全部坍塌了，正巧砸在2号和3号车厢上，两节车厢几乎重叠在一起被埋在公路桥的废墟下面。而后面的车厢全部扭曲着，横七竖八地倒卧在路轨两边。地上到处散落着尸体、断肢、玻璃碎片、行李、衣物和其他日用品。

有一节车厢的一端已被巨大的撞击力撕裂，车厢四壁的钢板翻卷斜插向天空。哭喊声、呻吟声响成一片。

帕德博恩吓呆了，他每两天都要经过一次的地方眼下竟会是这样惨不忍睹。

半小时后，第一辆由奥格斯堡城开来的抢救车赶到了现场。眼前的一切使车上的30名救护队员傻了眼。他们参加过无数次抢险救灾，像这样的悲惨场面还是头一回看到。

不知谁在喊："快去2号车厢救人，那里面全是孩子！"

救护队员们立即冲到废墟上。可是，他们出发时太匆忙，只带了几把铁锹和钢撬。面对大桥坍塌下来的钢筋水泥梁柱和沉重的大板，他们虽然竭尽全力，但收获甚微。

救护队员咬紧牙关，用手扒开坚硬沉重的水泥板。第一个人被救出来了，原来是个孩子，他已浑身血肉模糊。第二个、第三个也救了出来，都是奄奄一息的孩子。

一批批救护人员赶到了现场，上百辆车赶来抢救。德国联邦国防军、边境保卫局等共出动了20多架直升飞机前往现场抢救伤员。

到傍晚时分，已有1 100多人参加抢救，并在现场附近设立了一个临时抢救中心。

晚上7时30分，很多重伤者很快被直升飞机送到汉诺威和附近城市的医院中抢救。但是仍有一些旅客被埋在废墟中，由于有的车厢被挤在其他车厢中间，抢救人员只好用焊枪将车厢割开，然后钻进车厢救人。

这时，每当救出一个人，驾驶员帕德博恩都要扑上去辨认一番。他呼叫着蒙迪斯的名字，发疯似的朝车厢里钻，任凭救护人员怎么阻挡也挡不住。

蒙迪斯终于被救了出来，可是他早已气绝身亡。帕德博恩大喊一声："蒙迪斯！"随即昏死过去。

第二天凌晨2时，抢救工作基本结束。这次事故中共120人丧生，300多人受伤。

对于事故的原因说法不一。下萨克森州内政部称：事故是由公路桥上的一辆小汽车引起的，这辆汽车在桥上失控后冲落下来，撞在列车的车身上导致列车出轨。边境保卫局提供的说法是：这列高速列车2号车厢是因为尚待查清的技术原因出轨的，同样被埋在废墟中的那辆汽车是在桥被撞毁以后掉下来的。

这次事故不仅是德国高速列车运行以来最严重的，也是战后德国境内发生的最严重的铁路交通事故。德国总理科尔闻讯后，当晚中断了在意大利的访问，返回德国。他下令次日全国降半旗，对事故遇难者表示哀悼。

驶向死亡之海

1816年，法国大举向塞内加尔移民。

7月21日，"卡西拉尔号"轮船载着500名移民和30名护航士兵驶离了法国赛得曼特兹港，沿大西洋南下。

身为船长的罗茨米勒是个十足的酒鬼。"卡西拉尔号"在大海上航行了四天后，大副斯特赫泰发现船好像偏离了航向。他急忙走进船长室，向罗茨米勒报告。

这时，船长罗茨米勒正与几个女郎在喝酒。

斯特赫泰话没说完，就被他打断了："混账，谁说偏航了？按我定的航线航行！"

斯特赫泰被轰了出来。他满肚子气，可又没地方出，便快快地走上甲板，朝大海上四处张望。他越望越觉得不对劲，总感到船正在驶向死亡之海。

死亡之海位于大西洋南部。那里暗礁丛生，极容易发生事故。也不知有多少偏航的船驶进了死亡之海，最后葬身于海中。

斯特赫泰走进驾驶室，对轮机手彼克说："尽快修正航线。再这样开下去，会船毁人亡的。"

彼克摇摇头，说："这是船长定的航线。没有他的命令，我可不敢改变航向。"

"卡西拉尔号"继续往前行驶。其实，它早已偏离了航向，正驶向死亡之海。到了第六天，斯特赫泰发现海水颜色发生了变化，有海藻和大量的鱼群显现，而这表明轮船确实驶进了死亡之海。

"船长，我们已经驶进了死亡之海！赶快调转船头，不然……"斯特赫泰再一次请求罗茨米勒。

酒气熏天的罗茨米勒船长根本不理会斯特赫泰的请求，跌跌撞撞地走进驾驶室，大声喊道："听我的命令，加速，继续向前！"

"卡西拉尔号"在罗茨米勒盲目的指挥下，驶进死亡之海的深处。忽然，"轰隆"一声巨响，船底与坚硬的岩礁相撞了。船身剧烈震动了一下，船底部的龙骨折断了。

全船的人顿时惊慌失措，乱成一团。这会儿，船长罗茨米勒从酒意中惊醒，他命令轮机手彼克左满舵，加大马力朝前开。

"不行啊，那样船会立刻沉没的。赶快抢修，也许还有希望。"大副斯特赫泰对船长说。

罗茨米勒朝斯特赫泰一瞪眼，说："是我说了算。别忘了，我是船长。听我的！"

不管彼克怎么用力扳动舵盘，"卡西拉尔号"始终不肯前进一步。天渐渐黑了，罗茨米勒一摆手，说："算了，明天再说吧。"说完他一转身又去喝酒了。

夜幕降临了，天气突变，大海上空乌云翻滚。眨眼，海面上波涛汹涌，巨浪滔天，船身开始向左倾斜。

斯特赫泰冲进驾驶室说："彼克，快发动轮机，想办法保持船身平衡！"

彼克两肩一耸，说："没有船长的命令，我可不愿担风险。"

斯特赫泰气得一拳打在彼克的脸上，大骂道："你这该死的家伙，死到临头了，还要听那个狗屁不通的船长命令！"

斯特赫泰发动了轮机。尽管他想尽了办法，船体还是倾斜得越来越厉害，大量的海水涌进了船舱。

他见沉没的命运已经注定，便跑上甲板，指挥人们放下救生木筏。

"卡西拉尔号"上只有11只木筏，人们拼命地朝木筏上挤。这时，船长罗茨米勒也知道大难临头了，跑上甲板大喊："我是船长，快闪开，让我上木筏！"

人们没有一个理睬他，只顾自己逃命。他发疯似的把好几个人推下大海，自己跳上一只救生木筏。

罗茨米勒占据一只木筏，谁也不让上。

斯特赫泰忍无可忍，手一挥，对甲板上的人大喊道："别怕他，大家上啊！"

在斯特赫泰的带领下，人们挤上了罗茨米勒独占的木筏，把他团团围在中间。两小时后，"卡西拉尔号"沉没了。一大半人随着船的沉没葬身大海。

救生木筏上的人们在海浪中挣扎着。黑暗中，不断地传来斯特赫泰的喊声："大家抓紧木筏，当心被海浪卷下去！"

然而，风浪太大，加上木筏上人太多太挤，还是不时有人掉进海里，消失在巨浪中。

第二天，天空放晴，大海平静了。一夜在海浪中挣扎的人们，这时又饥又渴。木筏上的几罐饼干，不一会就被抢吃光了。

坐在木筏尾上的斯特赫泰气愤地指责罗茨米勒："要不是你，我们也不会驶进死亡之海，不会落成这样！"

"住嘴！我是船长，大家听我的。赶快划木筏！"任凭罗茨米勒怎么喊叫，也没有人听他的。

又过了两天，太阳像个火球挂在人们的头顶上。在烈日的灼烤下，已有人因饥渴而死。

愤怒的人们冲向罗茨米勒，把他活活打死。为了活命，有人竟割他的尸体充饥。不一会儿，罗茨米勒的尸体只剩下了几根白骨。

木筏在大海上漂泊了三天三夜。在一个漆黑的深夜，一排巨浪把它掀翻了，所有的人都被大海吞噬了。

神秘的失踪

1932年6月，从战场上撤离下来的西班牙第五纵队，驻扎在法国境内的弗瓦斯尔岛上，进行军事训练。

弗瓦斯尔方圆1 200英里，岛上稀稀落落住着一些法国农民。为了严守军事秘密，西班牙部队将当地的农民集中在弗瓦斯尔的东面居住，他们则在西面的一座无名小山上开始紧张的军事训练。

一天傍晚，全纵队的训练已经结束，只有少校卡夫里斯带领的第二小分队100名士兵还在山下训练。士兵们个个精疲力竭，盼望着早点回营。可卡夫里斯还是不停地吹着哨子，没有一点收兵的样子。

一个叫安格易路的士兵望着沉入大海的太阳，嘀咕了一句："简直累死人。"

安格易路的话让少校卡夫里斯听见了，他厉声喝道："安格易路，出列！"

安格易路知道卡夫里斯是个非常凶狠的军官。谁要是稍不服从他的命令，不是马鞭抽，就是皮鞋踢。安格易路只好乖乖地走出队列。

卡夫里斯用手指了指那座无名山，说："给我上下跑5次！"

安格易路哪里敢违抗，他双腿一并，答道："是！"转身朝山上爬去。

当安格易路刚爬到半山腰时，士兵们突然听到他的叫声。大家都不理会，以为他摔了一跤。但接着他的叫喊变得恐惧而绝望。

"这个该死的家伙，搞什么名堂？"卡夫里斯少校骂了一阵，然后一挥手，叫三个士兵上去看看。

三个士兵很快爬到半山腰，可是不见安格易路。叫声却继续传来，似乎是在头顶上，令人毛发倒竖。声音渐渐向高空升去，变弱变细，最后声息全无。

三个士兵你看看我，我望望你，个个胆战心惊，急忙下山向少校报告。

卡夫里斯少校根本不相信他们的话，立即带上30名士兵上山搜寻。

这座无名山只有300多米高，山上光秃秃的，不见一棵树。他们仔仔细细地搜寻了半天，也不见安格易路的影子。

卡夫里斯少校和士兵们都觉得十分奇怪，心想：这家伙跑到哪里去了呢？难道他能飞上天？

大家再也没有见到安格易路，也搞不清他为什么不见了。

紧张的训练，把士兵们累得疲惫不堪，谁也没有心思去想失踪的安格易路。可少校卡夫里斯却没有忘掉。

一天，他找到当地的农民，询问是否见到失踪的士兵。

农民们听说是在无名山不见的，都说那山上经常有些奇怪的事儿发生，他们的牛羊以往也常在那儿失踪。去年，有两个孩子在山腰上放羊，一片云彩飘过，两个孩子和一大群羊就不见了。

虽然卡夫里斯不相信，但安格易路的失踪在他心头抹上了一层阴云。

五天后，训练进入实弹演习，卡夫里斯心想：用枪炮对无名山轰炸一番，也许能找到安格易路失踪的秘密。

那天下午，刚下过一场暴雨，实弹演习开始了。卡夫里斯少校首先命令炮兵："给我向山顶开炮！"

无数的炮弹飞上山顶，顷刻间就把山头削去了一半。

卡夫里斯手一挥，士兵们向山顶发起了冲锋。一路上，他们不断地假装卧倒、埋伏，又不时地向山上开枪射击。实弹演习进行得紧张有序。

士兵们一会儿就冲上了山头。大家坐的坐，躺的躺，休息起来了。卡夫里斯少校却在四处走来走去。他看着被炮弹掀翻的泥土，觉得没有什么异样，也就随地坐下了。

这时，从远处飘来一团团云雾。因为刚下过大暴雨，士兵们谁也没在意云雾向他们飘来。而卡夫里斯却警惕起来，他想起农民对他说过的两个孩子和一大群羊失踪的事。

少校立即从地上跳了起来，大声喊道："机枪手！"

"到！"三名机枪手立刻并列站在他面前。

卡夫里斯指着半空中飘动的云雾，命令道："向那些云雾开枪！"

三名机枪手直愣愣地望着少校，他们不明白为什么向云雾开枪。

卡夫里斯眼一瞪，吼道："叫你们打就打！还愣着干什么？！"

机枪手立即架起枪，"哒……哒……哒……"打了十分钟。一会儿，云雾散开了。卡夫里斯看了看，云雾里没有什么怪物。他暗暗责怪自己，便命令停止射击。

没过多久，云雾又慢慢地聚到了一起，向山头飘来。卡夫里斯少校再也没有把它当回事。

云雾轻轻地飘到山头上，将士兵们团团围起来。士兵们觉得非常有趣，有的还伸手去抓云雾。

大约过了二十分钟，山头上云散雾尽。卡夫里斯少校和他的士兵无影无踪，片甲未留。

人们至今还不知道其中的原因。

怪　　船

特尔莫卡是法国《晨星》报的记者。他早就想跟随法德罗斯航运公司的货船进行一次海上采访。这次他受编辑部的委派，准备乘坐"莱安帕克号"货船，实现他海上采访的愿望。

这天是1962年5月2日。特尔莫卡来到码头，远远地看见一个人在向他招手。他知道一定是等候他上船的人。特尔莫卡快步走了过去，这才发现是他多年未见的老同学史蒂安亚。

史蒂安亚说："老同学，欢迎你上我的货船采访。"这时，特尔莫卡才知道史蒂安亚就是"莱安帕克号"的船长。他太高兴了，相信一定会顺利完成采访任务。

第二天早上，"莱安帕克号"一声长鸣，缓缓地驶离港口，开始了大西洋之行。

头一回随船采访，特尔莫卡觉得一切都非常新鲜。在船长史蒂安亚的陪同下，他从船头看到船尾，从船舱看到驾驶室。特尔莫卡问老同学："你常年在大海上生活，遇到过惊险的事吗？"史蒂安亚说："太多了！海上有狂风巨浪，海下有凶猛的鲨鱼、章鱼。一不小心就会造成船毁人亡。好了，有空慢慢告诉你。"

不知不觉，"莱安帕克号"已在大海上航行了四天。正当特尔莫卡在舱里整理笔记时，史蒂安亚忽然气喘吁吁地跑了进来，用手擦了擦额头的汗水，说道："快，快上驾驶台去看看！"说着便拉着特尔莫卡直奔驾驶台。

到了驾驶台上，史蒂安亚摘下挂在胸口的望远镜，塞到特尔莫卡的手里，然后指了指远处的海面说道："看！特尔莫卡，你是记者，见多识广，看看那是什么船。"

特尔莫卡举起望远镜，顺着史蒂安亚指的方向望去，发现前方一只无帆的机动船在波光闪闪的海面上晃动着。船上有个小黑点，像是一个人蹲在那里四处张望着。

这时，船长身旁的大副突然叫起来："猴子！那是一只猴子！"

史蒂安亚船长立刻让水手们把船靠过去。可还没到跟前，史蒂安亚又叫停船。

特尔莫卡有些纳闷，他疑惑地问老同学为什么不把船再靠得更近些。史蒂安亚直摆手，说："不行，不行！有一次我们也遇到这样一艘怪船，刚靠近，那船就'轰'地炸了，差点把我们炸死！"

船长史蒂安亚的话使特尔莫卡的心一下子悬了起来，不禁又端起望远镜朝那怪船望去。那猴子也发现了他们，正冲着这边做着鬼脸。这会儿，史蒂安亚命令水手放下救生艇。

特尔莫卡怀着一颗好奇的心，也跟着跳了上去。

救生艇离那船越来越近，大伙也都紧张起来。这时，那只猴子也跳起来，冲着他们"吱吱"地直叫。只见那船的甲板上躺着六具尸体，看不清是男是女，他们的血淌在甲板上都已经干涸了。

救生艇靠到了大船边。史蒂安亚船长第一个上了船，其余的人也跟着爬了上去。

那只猴子一见他们上来了，对着他们跳着叫着，眼睛里还闪着泪水，好像在诉说什么悲惨的事情。

史蒂安亚船长立刻吩咐水手们到船舱里检查。一会儿，一个刚进船舱里去的水手忽然怪叫一声跑了出来，他结结巴巴地说："蛇……好多蛇……"

大伙围过去一看，个个倒吸一口凉气。只见舱里盘着几十条毒蛇，冲着他们发出"咝咝"的声音。再往里看，在船底拐角处躺着三个带着枪的大汉，其中一人手里的长枪杆上还缠着一条死蛇。他的下颌有个窟窿，一直穿到后脑勺。看样子，这是一颗子弹穿过的。

水手们在船上检查了一遍，没发现一个活人。史蒂安亚船长说："全船没一个活人，活的东西就是这些蛇和那只猴子了。"他沉思了一会儿，又说："我想甲板上的死者全是渔民，而这三个人肯定是海盗。"

特尔莫卡望着他，不解地问："你是怎么知道的？"

史蒂安亚回答道："你没看见这三个人胳膊上的纹身吗？"

特尔莫卡凑上前，仔细一看。果然，那三个人的胳膊上都纹着一个黑色的骷髅。特尔莫卡看得浑身直起鸡皮疙瘩。

史蒂安亚接着说："这艘渔船在出来捕鱼时，碰上了这三个海盗。经过一番殊死的搏斗，船上面的渔民因为赤手空拳，所以全部遇难了。而当这几个海盗在舱底乱翻，想找些值钱的东西时，无意中却翻出了渔民当菜吃的毒蛇。于是，就出现了船舱里的结局。"

特尔莫卡又指了指枪杆上的死蛇，说："那么，这又该怎么解释？"

史蒂安亚答道："很可能是海盗用枪砸蛇头的时候，那蛇一下子缠住了枪杆。随后，蛇尾无意中扣动了扳机，子弹就正好从这人的下颌穿了过去……"

特尔莫卡和水手们听得目瞪口呆，似信非信。

特尔莫卡在脑子里一直在想：那颗奇妙的子弹，难道真是毒蛇发射出去的？还有猴子，猴子是谁的呢？

这一切，恐怕只有天晓得了。

幸　存　者

　　一列满载旅客的火车行驶在巴黎至南锡市的铁道线上。前面是上坡，列车喘着粗气，行驶得很慢。

　　最后一节车厢里，坐着92名旅客。一个常乘这趟车的人正在向大家介绍铁路沿线的风光："上了这个坡，我们就要过一座高架桥。这桥横在两山之间，架在深渊之上，凌空飞起，气势雄伟……"

　　旅客们大都被他绘声绘色的描述吸引了。只有靠窗口坐的菲力浦·雅迪娜低着头，在给襁褓中的女儿卡妮喂奶。

　　不知什么原因，在火车驶过高架桥不久，最后一节车厢与列车主体脱钩了。车厢依照惯性仍然跟随列车前行，但它与列车的距离逐渐拉大了。

　　列车飞速地向前驶去，很快消失得无影无踪。

　　脱钩的车厢在一个拐弯处滑向一条通向侧谷的岔道。

　　铁轨有一个衔接处安装得不好，横冲直撞的车厢猛然跳离轨道一米多高。旅客们发出一阵惊叫。车厢重新落回铁轨上后，发出"轰隆"的响声。

　　如果前边有一道弯，那么车厢一定会从轨道上飞出去，然后像一颗炮弹那样爆炸。

　　旅客们纷纷提出各种拯救方案，可是连提方案的人自己也不相信能办到。

　　车厢急速的滑行把旅客们的视线都扯断了。谁也不敢把身子伸到外面，更不敢去拉那个紧急制动闸。

　　车厢穿过一个隧洞后，一根转动得发烫的车轴发出嘶叫般的声音。开始时还叫一会停一会，后来停息的间隔越来越短，最后一直叫个不停，覆盖了一切嘈杂声。

　　铁轨的猛烈撞击，使车厢跳得老高，发出"隆隆"的响声。

　　车厢里所有人的心，都提到了嗓子眼上。每个人都在祈祷，希望能出现奇迹。但是，车厢还是一刻不停，照样往前冲。

　　座位上的人都拥到走道上，奔来奔去，呼叫苍天。

菲力浦·雅迪娜始终没有动，她把卡妮裹得严严实实，紧紧地搂在怀里，生怕碰到了女儿。旁边的车窗敞开着，从外面灌进来的风，吹乱了她的一头金发。她在暗暗祷告：上帝保佑……

这时，菲力浦·雅迪娜真后悔。在巴黎的丈夫德曼普昨天晚上来电话说女儿出生已半年，他还没有见过面，让她带女儿乘飞机去巴黎。可她晚了一步，没赶上班机，做梦也没想到乘上这趟倒霉的列车。要是车厢翻覆、爆炸……她不敢再往下想了。

车厢尖厉的嘶叫声在警告人们：车厢随时都有可能着火！

"瞧，一列货车！"不知是谁喊了一句。

"要是那货车开得飞快就好了。不然，这节车厢撞到货车上，准会粉身碎骨。"有人这样说。

货车上的刹车在咯吱作响。因为这是下坡路，大胡子司机只得拉紧刹车，以免车行驶得过快而发生意外。

大胡子司机嘴里衔着烟斗，手臂从容地撑在一侧的铁门上，眺望一晃而过的山水景色。当他直起腰来的时候，猛然发现有一节车厢快速地从后面向他冲来。

车厢离货车大概还有500米。旅客们全部绝望地喊叫起来。有人开始砸门，也有人砸窗。

菲力浦·雅迪娜也彻底绝望了。她立刻将卡妮裹得更严实，扑向敞开的窗口，探出半个身子，把卡妮扔了出去。

大胡子司机突然意识到这条线是单轨，后面追上来的车厢除了撞击货车，别无选择。惟一的出路是自己全速行驶。

然而，一切都晚了。车厢闪电般地冲了过来。

"轰隆"一声巨响，车厢撞上了货车。顷刻间，燃起了熊熊大火，整节车厢被烟火吞噬。

货车加快了速度，向前飞驶而去。

冒着烟火的车厢缓缓地停了下来。又是一声巨响，车厢爆炸了。车厢里的旅客全部不幸遇难。

当天傍晚，有人在离出事地点一公里远的铁路边小树林里发现了卡妮。她被卡在一个小树杈上，哇哇大哭。

未满周岁的卡妮成为这节车厢里惟一的幸存者。

空中大相撞

1965年11月17日，暮秋的太阳懒洋洋地悬挂在半空中，地中海海面拂过的寒风夹杂着鱼腥和咸味。这时，一架巨型轰炸机闪着银光，从云中一掠而过。

飞机喷气发动机迸发的刺耳声响，划破了西班牙宁静的上空。

这架飞机机身巨大，具有多个喷气发动机。它就是赫赫有名的美国B-52重型战略轰炸机。

飞行员罗姆从机舱的舷窗口俯首望去，依稀可见地中海波光粼粼，海岸线像一根细细的丝线绕着整个海面。

罗姆看了一下仪表，飞机离预定目标很近了。这时，机长收到地面控制塔的指示。接着，他向罗姆下达了进行空中补油的操作指令。

在B-52轰炸机的右后侧，出现了一个由小而大的机影。这是一架KC-135空中加油机。

此刻，B-52轰炸机上的空中加油员正准备打开舱口，接受空中加油机传递过来的软性输油管。

就在这一瞬间，由于KC-135加油机过分地挨近了B-52轰炸机，两架飞机之间迅速形成了一个危险的真空区。顿时，两架飞机都失去了控制能力。

KC-135加油机随即发生了剧烈的晃动。突然一声巨响，两架飞机相撞了。

一团橘红色火球腾空而起，浓烟弥漫。两架飞机从数千米的高空向西班牙的国土上直冲而下，双双坠落。

此次撞机空难中，有7名优秀人才死于非命。他们是加油机的全部4名机组人员和B-52轰炸机上的3名飞行员。

然而更为严重的是，从天上掉下来的不仅仅是飞机残骸和人，还有4

枚氢弹。

这4枚氢弹装载在B-52轰炸机的弹药舱内。每枚氢弹为200万吨TNT当量，相当于第二次世界大战中在广岛爆炸的那枚原子弹的160倍。

一枚氢弹的威力足以使390平方公里内的全部人员死亡。4枚氢弹一下子落在西班牙国土上，这个灾难是难以想象的。

这天上午，有两组空中加油机和B-52轰炸机在空中作业。撞机发生时，另一组飞机尚未完成对接，加油机上的飞行员亲眼目睹了这场爆炸。

他立即通过无线电，向设在莫隆的空军基地报告："一架B-52飞机在加油时起火下坠！"

这一惊人的消息，很快传到美国空军第16航空部队司令威尔逊少将那里。

他深感问题严重，立即向灾难控制部队下达了紧急命令："将B-52轰炸机上所载的4枚氢弹尽快回收！"灾难控制部队立刻组织了43名受过特殊训练的军人，组成搜索队，乘专机飞往出事地点。

搜索队刚到西班牙，就接到一位西班牙警察的报告。他在海边干河床旁发现一个像是氢弹的东西。

灾难控制部队的军械专家们立即出发，不久即证实那的确是一枚氢弹，而且完好无损。这个发现大大增强了他们找到全部氢弹的信心。

全体搜索人员都赶到河床一带，直升飞机在人们头顶上盘旋。三支搜索队拉开了一英里的搜索线。搜索工作极其细致，几乎每棵草下面的泥里，每个坑坑洼洼都一一搜查。

几小时后，一架直升飞机在紧挨海边的一片田地里发现了第二枚氢弹。

接着，地面搜索人员找到第三枚。

搜索工作似乎进展得非常顺利。

然而，第四枚氢弹却毫无踪影。搜索人员对搜寻过的地区，又进行了第二次搜索，可还是没发现。

对空军少将威尔逊来说，不找到丢失的第四枚氢弹，他一刻也不得安宁。第二天，他调集300多人扩大了搜索范围。人们排成一排，手拉手从西向东推进搜索，然后又从北向南把这一地区搜索了一遍又一遍。而且，搜索一次比一次细致，但结果还是一无所获。

空中撞机发生后的第七天，威尔逊少将请来了30名潜水员下海搜索。潜水员分布在氢弹可能坠入的区域内，连续搜索了五天，仍毫无结果。美国军方借用了海洋研究所"阿尔文号"深水潜艇，下潜到深海搜索。

驾驶"阿尔文号"的瓦伦丁开着潜艇在深海底的一个下坡上行驶。忽然，搜索灯照到一条圆槽形痕迹，那似乎是一个沉重的物体滑过时留下的印痕。

他兴奋地加大马力，跟踪追寻。但是，海流太大，搅起一层层泥云，他失去了方向。"阿尔文号"在那陡坡搜索了7个多小时，结果无功而返。

次日，瓦伦丁驾驶着"阿尔文号"又一次在海底发现了那道可疑的滑痕。这一次，为避免痕迹再被海流搅起的泥云遮掩，他调转潜艇方向，沿坡慢慢倒着下行，跟踪着那条痕迹，进入更深的水域。

几分钟以后，瓦伦丁终于发现了氢弹，它还稳稳地固定在炸弹架上面。

丢失的第四枚氢弹缓缓地浮出水面，回到了美军的手里，从而消除了一场毁灭性的灾难。

大难不死

法国航空公司一架客机停在巴黎机场上。这时，候机厅里的大喇叭响了起来："各位旅客请注意，飞往华盛顿的125次航班客机，现在开始登机。"

上机的乘客通过检票口，一个挨一个地走上舷梯。

机舱门口，空中小姐提米西丝满面笑容地对走上来的乘客说："欢迎您乘坐本次航班。"

26岁的提米西丝小姐是三年前到航空公司当空中小姐的。由于她工作非常出色，第二年就被提升为机上的助理事务长。飞完这次航班，她就要举办婚礼了。起飞之前，同机的姐妹们劝她："还有三天你就结婚了，留下来准备准备吧。"提米西丝笑着说："误不了。"

9时30分，125次航班客机呼啸着，从巴黎机场跑道上腾空而起，向美国方向飞去。

客机载有97名乘客和11名机组人员。机上的8个孩子，看样子都是头一回乘飞机，紧紧地依偎在各自的父母怀里，显得比较紧张。

飞机起飞不久，提米西丝小姐给小乘客们送来了玩具和卡通书籍，并挨个地告诉他们："小朋友，不用紧张害怕。有阿姨在，飞机不会丢下你们的。"提米西丝小姐的热情、幽默消除了孩子们的紧张情绪，他们玩得开心极了。

机舱里，乘客们有说有笑，气氛显得非常轻松和欢乐。

飞行25分钟后，飞机到了大西洋上空。提米西丝小姐用甜美的声音告诉大家："乘客们，我们的脚下就是浩瀚的大西洋，它汹涌澎湃，白浪滔天……"

提米西丝小姐正讲着，机身突然颤抖起来。机舱里响起一片惊叫声，许多乘客惊慌地站起来东张西望，不知所措。

　　这时，提米西丝小姐在过道上走来走去，亲切地嘱咐大家："乘客们，请不要害怕，不要跑动，以免发生意外。"她特地走到一个小朋友身边，用一只手在他的头上轻轻地抚摸着，仿佛在告诉他，有阿姨在一切都不用害怕。

　　过了片刻，飞机的震颤停止了，乘客们嘘了口气，渐渐地平静下来。

　　提米西丝和另外两位空中小姐热情地给大家送这递那，脸上浮现着微笑。

　　看着空中小姐脸上的笑容，乘客们紧张的心理很快放松了。

　　十分钟后，飞机又震颤起来，而且一阵比一阵厉害。虽然提米西丝从容镇定地嘱咐大家不用害怕，但是人们已极度地紧张起来。从飞机颠簸的剧烈程度来看，不少乘客已预感到凶多吉少。

　　这时，飞机后舱发出一种奇怪的声音，让人毛骨悚然。乘客们睁着恐慌的眼睛朝后面张望，仿佛大难就要临头了。

　　提米西丝小姐和两位伙伴商量了一下，便对乘客们说："请大家系好安全带，不必太紧张。如果有什么情况，我会立刻通知大家。"

　　说完她忙向后舱走去，想去看看出了什么问题。

　　提米西丝小姐刚刚走到后舱，只听"嘎吱"一声，飞机的后舱底部裂了一条缝。起初，她根本不相信飞机会裂，蹲下身想仔细瞅瞅。转瞬间，那裂缝已有十多厘米长，一厘米多宽。一股股浓浓的白雾随即从裂缝中涌进机舱，提米西丝小姐觉得情况不好。

　　她想去报警，忽然整个机身猛烈摇晃起来，而且颠簸得非常剧烈，令她站立不稳，迈不开腿。

　　突然，机尾断了大半圈。提米西丝小姐一个人站在断裂的机尾上。

　　眨眼，裂缝已有一米宽。眼看机尾就要断落，提米西丝抓住一处把手，拼命尖叫起来。

　　此时，驾驶员厄比纳克已知道飞机出了故障。他在心里叫道：上帝呀，这是怎么回事！面临机毁人亡的灾难，厄比纳克惊慌失措，不知如何是好。还是副驾驶员提醒了他："快，拉动操纵杆，让飞机降落！"

　　厄比纳克赶忙猛拉操纵杆，使飞机开始下滑，准备降到洋面上。

　　由于飞机下降，造成机尾翘了上去。只听"咯嘣"一声，提米西丝吓得一松手，便从空中坠落下去。

提米西丝小姐在空中朝下直坠。她的脑袋"轰"的一下，涨大了好几圈，直觉得风在耳边呼呼作响，身体在空中不停地翻转着。很快，她清醒了，慌忙解开衣扣，伸开四肢，以增加下坠的阻力。

渐渐地，她不像开始那么惊慌了。看见下面湛蓝的海水，她想如果掉进海里也许能保住性命。离海面还有50多英尺高时，她便使出高台跳水的办法，向海洋中坠去。

眨眼，提米西丝小姐掉进海里了。落进水中，她的心踏实了。她不仅会游泳，而且水性非常好。在学校读书的时候，她就是校游泳队成员，多次参加过比赛，还得过奖哩。她与男友就是在游泳比赛中相识的。

提米西丝浮出水面。海面上茫茫一片，没有汹涌的波涛，翻天的巨浪。这时她感到自己不会死了，开始在大海中浮游。游着游着，忽见右面有几只快艇驶来，天上又出现了两架直升飞机，她知道一定是来救助受难人员的。于是，她掏出一块红手帕，拼命地又晃又叫。直升飞机上的人终于发现了她，把她救了上去。

而125次航班客机载着100多人，一头栽进大西洋，没有一人生还。

鸽子炸弹

1988年深秋的一天早晨，法国航空公司的一架飞机在里昂机场顺利起飞，飞往巴黎。

机长莱里达情绪很好，他想象着未婚妻莲娜会手捧一束红玫瑰等候在巴黎机场，再开车把他带到家去吃龙虾。

机组人员的情绪也很好，飞机在巴黎降落后，他们都将有3天的休假，这么好的天气，太适宜购物和游逛了。

远远地，已经看到了著名的塞纳河和枫丹白露大桥的轮廓。飞机即将进入目的地巴黎，飞行高度渐渐降低了。

但是，这时，一只被鸥鹰追得晕头转向的鸽子突然朝飞机的驾驶舱撞来，一头撞在玻璃上。顿时，窗户像挨了一颗微型炮弹，窗玻璃完全炸裂开来，一股强大的气流猛地向窗口冲进来，坐在窗边的莱里达机长刹那间被吸到窗户口。这时，飞机的航速仍是每小时180公里，飞机内外的气压差形成一股强大的压力，将莱里达的身体直往窗外压。机长的双腿不由自主地在机舱内蹬来蹬去，结果，自动驾驶装置被他的皮靴蹬得稀巴烂。飞机一下子失去了平衡，一个倒栽葱向斜下方坠落下去。

在这紧急关头，空中小姐米莉急忙跑上前，一把抱住莱里达不断向外滑出去的身体，一边大声呼喊刚去取咖啡的副机长达克斯。

达克斯一个箭步从驾驶舱外飞奔过来，拉住手动操纵杆，将机头重新拉向蓝天。

飞机终于平稳地朝前飞行起来。但是，机长莱里达的大半个身子被吸到驾驶舱外，巨大的气流还像拔河似的拼命将他向外吸，米莉叫喊起来，另外两名空中小姐又跑进来，帮着拉住莱里达的身体。

副机长达克斯知道，莱里达的衣服和胳膊随时有可能被卷进螺旋桨里，那时，机毁人亡就不可避免了。他立刻下令多叫几名空中小姐进入驾驶舱，尽可能将机长莱里达从窗户口拖进来一点，同时，他将飞行高度下降到2 000米左右，航速也下降到每小时100公里，随时准备迫降。

被吸到窗户外的机长莱里达满脸是血，眼珠吓人地暴突出来，头上青一块紫一块，像被人用木棍乱打了一顿。更可怕的是，他的舌头长长地向外吐着，像被吊死了一样。副机长想起要到巴黎机场来迎接他的莲娜，痛苦而无奈地摇了摇头。

这时，有位空中小姐提议，让飞机迫降在森林旁的一块空草地上。

副机长达克斯估计了一下，迫降可能成功，但是，由于草地上还有一些零星的小树，露在飞机外部的机长莱里达有可能被割划得血肉模糊，那就太惨了。

他将自己的意见说过后，那位空中小姐说："机长已成了一具僵硬的尸体，我们应为更多的乘客和飞机着想。"

这时，副机长断然摇了摇头，说："我跟你一样，是将乘客和飞机放在第一位考虑的。但是，现在，飞机得到了控制，只要没有第二只鸽子撞上来，只要你们拉住莱里达机长的身体，我就能平安地将飞机驾驶到巴黎！"

大多数空中小姐都同意达克斯的意见，那位提议迫降的小姐就跑到外间，拿来一条尼龙绳，说："我也同意达克斯先生的意见了，不过，看来得将莱里达的腿脚捆绑在什么地方，飞机在跑道上刹住时，那股惯性太大了，谁也拉不住莱里达！"

达克斯先生笑着竖了一下大拇指说："对，你想得比我还周到。"

空中小姐用尼龙绳将莱里达的腿脚固定在驾驶舱里后，仍牢牢地抓住他。这时，巴黎机场已遥遥在望了。

副机长喝了口空中小姐递上来的咖啡，镇静地让飞机在机场上空盘旋三圈，平稳地减慢飞行速度，对准紧急腾空了的跑道，慢慢放下起落架，让飞机平稳地着陆在跑道上。几乎没有制动，依靠飞机轮胎和地面的摩擦力使飞机完全停住。

当机长莱里达被抬上急救车时，医务人员吃惊地发现，他还奇迹般地活着。

困陷冰川

　　1976年2月29日，星期天。一对中年夫妇随旅游团来到了意大利北部的滑雪圣地塞维尼亚。丈夫克劳第奥和妻子玛丽亚，他们是来这里摄影和观光的。

　　大清早，他们便离开住地前往摩尔萨斯岩壁和帕赫冰川去拍自然景观。他们乘缆车登上了海拔3 000多米的帕赫冰川，面对四周壮丽的景色，克劳第奥陶醉了："噢！这里太美了！"

　　"银白的世界，壮丽的景色。真是不虚此行！"玛丽亚也惊叹不已。

　　克劳第奥投入了拍摄，不停地揿动相机快门。玛丽亚则在不远处一架夏季滑雪提升机前忙着准备野餐。

　　突然，一声异样的尖叫打断了克劳第奥的拍摄激情。他转身一看，只见玛丽亚正从地面陷下去，手里还抓着一个野餐包。

　　克劳第奥猛地向前冲去。他的身影也随着玛丽亚一同消失在那个神秘的洞眼中。

　　原来，他们都陷进冰川裂缝中。冰川上有一些长短不一、形状各异的裂缝。其中，一种上窄下宽的倒V型裂缝是很难被人们发觉的。

　　玛丽亚和克劳第奥陷入的正是这一种冰川裂缝。玛丽亚侥幸地落在了一个距地面大约60英尺深的小冰台上。冰台外面，裂缝仍在向下延伸着，深不见底。身处险境的玛丽亚拼命地呼喊着丈夫的名字。

　　"我在这儿！"

　　循声望去，玛丽亚吃惊地看到丈夫就横躺在离自己不远的冰块上。原来克劳第奥在坠入裂缝时负了伤，此刻他正忍着剧痛小心地向玛丽亚靠近，夫妻俩终于在冰下会合了。

　　短暂的喜悦之后，他们绝望地发现从头顶到洞口的冰壁笔直而平滑，难以攀缘。惟一的出路是得到上面的人为援救。他们向洞口高喊"救命"，但冰雪对声波只有极弱的传导力，外面几乎难以听到。

天渐渐地黑了下来。因为害怕从冰台上滑落下去，夫妻俩几乎一动也不敢动。他们互相依偎着，用交谈和祈祷来使自己保持清醒。

第二天，他们是在饥饿和寒冷中度过的。野餐包里的三明治冻得像块硬橡胶，无法下咽，他们只好从冰壁上刮一些雪粉来吞食。为了不被冻僵，他们试着做一些轻微的运动。

到了入夜时分，受伤的克劳第奥被折磨病了，他开始发烧，并伴有神志不清。玛丽亚紧紧地抱住自己的丈夫，为了使他身上暖和些，玛丽亚把他那没戴手套的手塞进自己的怀中。

洞里的温度似乎越来越低了。无奈，玛丽亚只好丢弃掉那些难以吞咽的食物，腾出野餐包来给丈夫包头。然后，她又将餐巾纸塞入丈夫的衬衣和皮靴内，以加强他的御寒能力。

玛丽亚开始有些支持不住了。冥冥中，她梦见一个手拿提灯的人走下洞来，解救他们。然而，当她醒来，意识到这不过是一场梦，便禁不住哭了起来。

洞外，克劳第奥和玛丽亚的失踪，直到20多小时后才引起人们的注意。旅馆里的人为搜索人员提供了两个地点：摩尔萨斯岩壁和帕赫冰川。有关方面还很快与远在罗马的克劳第奥的哥哥马里奥取得了联系。

马里奥与自己的弟弟有着深厚的手足之情。当他闻讯后，立即乘飞机来到此地，并全身心地投入到这场紧张的搜寻工作之中。

星期四，毫无所获的搜寻者们来到马里奥所住的旅馆集中。此时，克劳第奥和玛丽亚已失踪了四天，生还的希望已十分渺茫。大家默默地坐在那里，心情十分沉重。

人们已对搜寻失去了信心，马里奥恳求大家再寻找一下。他的诚挚感动了大家，人们互相交换着眼色，最后一致同意把搜寻的截止时间推迟到星期五傍晚。

此时的克劳第奥和玛丽亚已在洞中被困了四天，克劳第奥的手脚早被严重冻伤，他们随时有坠入洞底的危险。终于，他们在附近的冰壁上找到一个可供栖身的凹穴，心情才安定了些。

关键的星期五到了，一个由奥丁等三人组成的搜寻小组又一次来到了帕赫冰川。奥丁是一位有42年工作经验的山地向导，已退休两年，此次是

被临时召来参加搜寻的志愿人员。

他们慢慢地搜寻到了夏季滑雪提升机前。突然，奥丁的目光盯在了提升机附近的一块雪地上，他发现这里雪的颜色与周围略有不同。"喂，快过来看看！"奥丁招呼同伴朝前一看，竟有一个冰洞。

他们俯下身，将头贴近洞口。这时，奥丁仿佛听到一声微弱的哭泣。"救命！救命！"洞中接着传出了令人难以置信的声音。奥丁连忙向洞里高喊："不要着急，我们已经找到你们了！"

克劳第奥和玛丽亚被救了上来，并很快被直升飞机送往医院抢救。经检查，他们身上都有一些撞伤和冻伤，并患上了支气管炎症，精神也极度衰弱。克劳第奥还折断了四根肋骨，并且有一叶肺已萎缩。

然而，他们在经受了严酷的磨难之后，毕竟活了下来。从遇险到获救，他们在寒冷的冰窟中度过了107小时。

营救人员刚撤下山，大雾便笼罩了整个山区，随后那里又普降大雪……

鲸腹余生

1891年春天，英国"东星"号捕鲸船在大海上航行了半个多月，还不见鲸鱼的影子。

船员们垂头丧气，都哀叹这次运气不好。捕鲸能手巴尔特更是焦急，捕不到鲸鱼，老板决不会多给他一个子儿，他要靠这些钱养家糊口呢。

就在巴尔特心情烦躁的时候，站在桅杆半腰中瞭望台上的瞭望员发出了报告："注意，发现左前方有条鲸鱼！"瞭望员的报告声，顿时使船员们振奋起来，奔向各自的岗位。

船员们朝左前方看去。只见远处海面上，一个黑点子在渐渐漂过来。用不着望远镜，也能判断出那是条鲸鱼。毫无疑问，那是条大家伙。

船员们一起动手，从"东星号"的船舷上，放下了捕鲸小船。巴尔特站在小船的船头，昂首挺胸。那威风劲儿，很像是骑在战马上的将军。

8个船员奋力划桨，小船乘风破浪，迎向正在游过来的鲸鱼。

巴尔特盯着鲸鱼，在计算着鱼的长度，考虑该从什么地方下手。

船头有五六支带倒钩的鱼叉，每支鱼叉的后面都系着一根长长的棕绳。这鱼叉刺进鱼肉里，怎么也拔不出来。而用长长的棕绳拖住鲸鱼，任它怎么挣也不会断。一旦鲸鱼游得精疲力竭，就把它拖到大船边，弄上船后再剖腹割肉，尽快运回港口。

此刻，巴尔特手里握着一支鱼叉。这支鱼叉，关系到这次捕鲸成功与否，也关系到伙伴们的生命安全。

这支鱼叉将由巴尔特投掷。若是投掷不中，鲸鱼游走了，大家空欢喜一场。若鱼叉只是擦破了一点鱼皮，没插进鱼肉，那反而会将鲸鱼激怒，它将掀起滔天巨浪，将小船掀翻，说不定会有人葬身鱼腹。

小船飞快地向鲸鱼扑去。那庞然大物，似乎根本没把这小船看在眼里，仍然悠闲自在地游过来。

巴尔特也许是被鲸鱼这毫不在乎的样儿激怒了。他扯开嗓门叫开了："伙计们，划呀！那个该死的家伙过来啦！"

随着巴尔特的呼喊声，小船箭一般地冲上去。巴尔特看准鲸鱼那厚实的背部，使出浑身力气，将鱼叉掷了过去。"嚓"的一声，鲸鱼被刺中。

接着，巴尔特又投出第二支鱼叉，啊，又刺中了。鲸鱼也许已感到背部疼痛，猛地一扭身子，掉头向前游去。

巴尔特站在船头，拉着棕绳，像拉着缰绳赶马车似的大声叫骂着。

正在拼命游动的鲸鱼，似乎听懂了巴尔特的叫骂声，猛地一转身，尾巴一扫，"哗"的一声，将小船掀了个底朝天。船员们纷纷落水，一个个拼命划向远远赶来的"东星"号大船，生怕被鲸鱼一口吞进肚子里。

鲸鱼挣扎了一下，游走了。这时，"东星"号及时赶到，将落水的船员们救上了船。就在这时，鲸鱼浮上了水面，它已奄奄一息，快断气了。

在船长的指挥下，船员们七手八脚把大鲸鱼拖上了甲板，准备剖腹割肉。直到这时，忽然有人问："巴尔特呢？"

是呀，巴尔特到哪儿去了？大家四处寻找。船舱里没有，海面上也没有。

大家不放心，纷纷驾着小船，在附近海面找了一会，也没见巴尔特的影子。大家怀疑他也许沉入海底，或是被海浪卷到别处去了。

失去了巴尔特，船员们心里都很难过。大家闷声不响地剖开鲸鱼的肚子，掏出鱼肺、鱼肠、鱼胃……甲板上，只有刀斧相击声，没有平日那欢快的笑声了。

当一个船员割下鱼胃拖上甲板时，只见鱼胃在一动一动地晃着，他喊来了船长。

船长沉思了一下，举起一把锋利的小刀，小心翼翼地划开鱼胃，慢慢撕开。哎呀！巴尔特在这儿，他正迷迷糊糊地躺在鱼胃里。

巴尔特还活着！大伙什么也没问，什么也没说，从后舱端来一盆盆清水，朝巴尔特浇去。

巴尔特被清洗干净，伙伴们将他抬进船舱，给他涂上药膏，让他休息。这时，船长已下令返航，要尽快将巴尔特送到医院抢救。

经过医生抢救，巴尔特醒了过来。他尽力回忆着，终于想起了他落水后的那段经历。

　　巴尔特从船头摔下去，正巧落在鲸鱼那大嘴巴里。他就像坐着黏糊糊的滑梯，"哧溜"几下落到了鲸鱼的胃里。他只觉得四周一片漆黑，里面闷热潮湿，也不知自己是站着还是躺着，只知道四周样样都在晃动，到处是稀粥一样的东西，散发出一股又酸又臭的气味。

　　渐渐地，他觉得呼吸困难，浑身上下像有千万支针在刺似的疼痛。不久，他就昏迷过去，什么也不知道了。

　　巴尔特说的，全是实话。后来，据专家们分析，巴尔特之所以能脱险，是因为他掉进鱼胃里的时间不太长。鲸鱼被拖上甲板时，几乎还活着，它呼吸时，给了巴尔特一些氧气。但鲸鱼胃里的液体，使巴尔特的皮肤和一些内脏受到严重的损伤。

舰队自撞

　　1893年6月的一天早晨，阳光灿烂，春色迷人。在利比亚首府的黎波里3海里外的海面上，波光粼粼，一碧万顷。

　　正是这一天，英国皇家海军的"地中海舰队"将举行一场声势浩大的列队演习。从的黎波里港驶来的大小舰只共有20艘，阵容强大，威力无比，它们的钢铁身躯在阳光下闪闪发亮。

　　海军中将佐治爵士年已63岁，是舰队的总司令，也是英国皇家海军中最受尊敬的将军之一。他的爵位不是世袭的，而是他在大小几十次海战中屡建功勋而荣获加封的。他的海上经验十分丰富，完全有能力指挥这支庞大的"地中海舰队"。

　　这一天，他站在"维多利亚女王号"的旗舰舰桥上，精神焕发，兴致勃勃地检阅自己舰队的演习。

　　这时，战舰在广阔的海面上行进。阵容整齐，威风凛凛。佐治中将心里有说不出的高兴，他为自己有这样的舰队而感到骄傲和自豪。

　　佐治中将将了一下胡须，扭头对身旁年轻的参谋长韦林顿说："我从16岁上舰船当水兵到今天，从没见过这么大的场面。"他顿了一下，又说："现在，我想让舰船都紧紧靠拢旗舰，列成步兵的冲锋队形，一起朝前编队行驶，场面一定更加壮观。"

　　参谋长韦林顿听完后，表示不同意，他说："总司令阁下，据我在剑桥大学所读过的流体动力学知识百科书上记载，船体在行进中靠近，将是十分危险的。战舰的排水量是惊人的，动力也很大，万一发生差错，就会造成舰毁人亡，到那时一切……"

　　佐治中将手一摆，打断了韦林顿的话。听到年轻的参谋长反对自己的奇思异想，他就打心眼里不高兴。过了一会，他非常不悦地说："我在海上战斗了三十多年，舰船也有过互相靠拢的事，怎么没见过你们剑桥大学书上所说的灾难呢？"

韦林顿参谋长见说服不了总司令，只得派人取来救生衣，请佐治中将穿上。

这下佐治中将更不高兴了，他想：这不是存心希望舰队发生意外吗？他把脸一板，命令水兵将救生衣放回原处。

韦林顿没有办法了，只能让旗号兵补充传令：在向旗舰靠拢时一定要将航速减慢到最低限度，并准备好防撞垫。

佐治中将完全看得懂旗语，他很不高兴地对参谋长说："军人以服从命令为天职，你对我下达的命令作了这么多补充，是没有把我放在眼中。如果不是考虑你是女王的远亲，我就马上撤掉你这参谋长！"

韦林顿张了张嘴，不知还想说什么。但是，见佐治中将的态度非常强硬，他咬紧嘴唇，也不敢多说了。

各战舰见到了两次打出的旗语，纷纷掉转头，朝旗舰靠拢过来。海面上顿时机声隆隆，浪花飞溅。除了韦林顿参谋长，"维多利亚女王号"旗舰上的官兵们个个心旷神怡，极其自豪。

参谋长韦林顿见战舰的航速仍未减慢多少，又一次叫旗号兵传令减速。

但是，离旗舰最近的一艘名叫"金霸王号"的战列舰已控制不住速度，像被一只无形的巨手猛推了一把，竟对准旗舰的右舷拦腰撞来。旗舰上刚才还在欢呼跳跃的士兵们吓得目瞪口呆。军官们见一场灾难就在眼前，一个个呆若木鸡，不知所措。只有韦林顿参谋长头脑十分清醒，他见大事不好，连忙呼叫："快放下防撞垫，对着'金霸王号'的船头，放下防撞垫！"

官兵们手忙脚乱地跑上甲板，拿起防撞垫，预先放在旗舰的右舷外。海军中将佐治爵士此刻也惊慌起来，大叫："传令倒车，传令倒车！"

旗号兵立刻向"金霸王号"发出了倒车的命令。然而，"金霸王号"上传来的旗语却是："我舰已倒车，但惯性巨大，无法阻止舰船前行。请旗舰全速倒车！"

这时，两艘巨舰冒着腾腾蒸汽，距离越来越近。"金霸王号"连续不断地发出急促的号角声。甲板上的呼喊声和舰上的喇叭声混在一起，乱成一片。

一切都已晚了。随着"轰隆"一声巨响，"金霸王号"的楔形船头像一枚超级炮弹打进了"维多利亚女王号"右舷。旗舰被撞出一个三角形的巨大缺口，船舱被撞得稀巴烂。数千吨煤一泻而下，活埋了许多手执防撞垫的官兵。

好久，两艘舰才挣扎着分离开来。海水立即涌进旗舰的缺口，好似决堤的洪水，舰身迅速沉了一截，船尾微微倾斜。来不及跑的水兵由船尾滑下去，被运转如风的螺旋桨叶片搅成肉酱，惨不忍睹。

皇家海军的骄子——"维多利亚女王号"带着未来得及跳海的官兵，连同佐治中将，被海水吞没了。

"泰坦尼克号"沉没

　　1912年4月10日，英国南安普敦港人山人海，乐队高奏欢送曲。英国白星航运公司的巨型客轮"泰坦尼克号"一声长鸣，缓缓驶离喧闹的港口，开始它前往纽约的处女航。

　　"泰坦尼克号"被视为英国的骄傲。它长达882.75英尺，宽92.50英尺，排水量为5.23万吨，堪称当时最豪华、最大型的客轮。由于船体底部隔成16个防水密封舱，它的安全系数很高，即便船体扯开几十米长的裂口，轮船也不会因此沉没，因此被誉为"永不沉没的超级巨轮"。

　　"泰坦尼克号"的首航，引起了世人的瞩目。很多人都把能参加"泰坦尼克号"首次横跨大西洋的航行，当做人生幸事而炫耀。

　　这是一个少有的暖冬。老船长史密斯站在船桥上注视着远方。凭多年经验，他知道从极地漂来的流冰比往年多，因而他根据有关流冰的报告，特意为"泰坦尼克号"选择一条偏南的航线。

　　4月14日，航行进入第五天，"泰坦尼克号"已接近加拿大的纽芬兰岛。从早上起，天气开始转坏，太阳蒙上了一层薄雾。据无线电报告说，纽芬兰附近是一片雾区。而这儿又是零星冰山的出没地区。船长和大副整天都站在船桥上，不时举起望远镜仔细观察。傍晚时分，天空开始放晴，雾气也开始消散。劳累了一天的史密斯船长，吩咐部下多加小心后，便回舱休息了。

　　这天晚上，大副默多克格外警惕。深夜11时30分，他登上桅楼守望台直视前方。突然，一座小山似的巨大冰块，凸出海面足有40多英尺高，赫然出现在轮船前方。

　　默多克迅即扑向传令钟，发出"停车"信号，同时还朝舵手罗伯特大声喊道："右满舵！"

　　罗伯特使尽全身力气旋转舵轮，并瞅了一眼瞭望台上的大钟，时针正指向11时40分。冰山离船还有400米，而巨轮仍以每小时22海里的速度前进着，用不了40秒钟就会同冰山迎头相撞。

默多克再次下令："停车，全速倒车！"但是，这艘超级巨轮反应太慢，一时不能停下来。转眼间，船头已从斜刺里冲向冰山。冰山在水里的突出部分像一把利刃，借着轮船巨大的碰撞力，刺入船体，划开一道长达300英尺的口子，裂缝贯穿三个底舱和两间锅炉房。

这艘巨轮的设计者托马斯·安德鲁也在船上。他听到撞击声后，马上带着一名修理工匆匆赶到底层甲板去检查。他发现右舷至少有六个防水密封舱裂开了大口子，海水像瀑布一样灌进舱里，水深已达14英尺。

他向船长史密斯汇报，说船舷遭到严重破坏，防水密封舱正一个接一个地崩裂，抽水已无济于事。史密斯不相信，安德鲁解释道："从'泰坦尼克号'的吨位和速度看，与冰山冲撞时所达到的力量等于73列火车运载力的总和。"

这时，水手长向史密斯报告说："船长，所有的抽水机都淹没在水中，防水密封舱的隔板已经崩裂，统舱里的旅客已无法救出来了。"

史密斯立即命令："水手们立刻分头到各个缺口和锅炉房堵漏。救生队赶紧准备救生艇，其他人通知所有旅客穿上救生衣迅速到甲板上来，让妇女儿童先上救生艇。要告诉旅客，这只是应急演习，千万不要说出真实情况！"

甲板上乱作一团。旅客们有的穿着毛衣，有的穿着睡袍，他们凭借着探照灯光好奇地注视着已放到海面上的救生艇。女士们扶着栏杆往下看，一见波涛起伏的海面，吓得浑身战栗。

一个年轻的母亲带着两个孩子站在船舷，犹豫地对帮助她上艇的船员说："这真的是演习吗？能不能把孩子留在船上？下面太冷！"船员语气温和地劝说道："太太，把他们带上吧，下面更安全。"

大副默多克以沉重的心情目睹这一切，他对史密斯说："船长，我们应该把真相告诉他们。"

史密斯摇摇头，说："绝对不能说出真相，否则，会出现不堪设想的混乱局面。"

凌晨2时5分，最后一艘救生艇放到海面上。人们开始意识到"泰坦尼克号"要出事了。1 000多人，绝大多数是男人，绝望地站在甲板上，眼望着他们的妻子儿女坐在救生艇上，消失在茫茫的大海上。

"泰坦尼克号"显然维持不了多长时间了。冰冷刺骨的海水漫上船头，冲进舱室。人们纷纷跑向翘起的船尾，他们想在这甲板上多活几分钟。

船越翘越高，有人咒骂上帝，有人跳入大海，但大多数人依然留在船上，勇敢地面对死亡。史密斯船长把船旗卷成一团，塞进口袋，坚定不移地站在瞭望台上，誓与轮船共存亡。

突然，一声巨响，锅炉爆炸了。"泰坦尼克号"猛烈地震动着，船尾几乎直立于海面。一分钟后，船上乘客和船身一起迅速地滑入了平静的大海。"泰坦尼克号"从撞上冰山到最后沉没，历时2小时40分钟。

一小时后，丘纳德轮船公司的"卡帕西亚号"轮赶到出事地点，救起了713名幸存者。

在这个悲惨的夜晚，一共有1 522人丧生，其中绝大部分是男子。

超级巨轮"泰坦尼克号"的沉没，立即在全世界引起了轰动。

坠向火山口的飞机

黑色的夜空中，有几点亮光在闪动，这是一架从伦敦飞往新西兰的飞机上透出的灯光。再飞三个小时，英航009号的波音747客机就会载着239名乘客抵达目的地了。

客舱里服务小姐们正忙着收拾餐盘，乘客们有说有笑地议论着这次愉快的旅行。忽然，服务小姐丹尼闻到了一股焦味，她以为是哪位乘客随意扔了烟头，便急忙逐个座位检查起来。寻找了一阵，并没有发现地板上有燃烧的烟头。奇怪的是焦味越来越浓，空气中还夹着一缕缕青烟，丹尼紧张了，立刻向机长报告。

几乎在同一时间，驾驶舱里的副驾驶弗列曼看见飞机的挡风玻璃外面出现了绿色火光，一闪一闪的，几乎令人睁不开眼。机舱的前部也冒出一股浓烈的焦味。

机长卡尔斯和弗列曼很伤脑筋：奇怪，怎么会有这种焦味呢？他们感到飞机轻晃了一下，只听机械师斯格喊道："4号发动机熄火了！"

半分钟后，斯格又叫道："机长，2号发动机也停了。3号也熄火了。真不敢相信……发动机全完了！"

卡尔斯机长的心情非常沉重，他知道飞机发动机熄了火，比远洋巨轮途中抛锚更危险，随时可能发生机毁人亡的重大空难。

卡尔斯一面吩咐弗列曼快去求救信号，一面命令机械师斯格去检查供油系统是不是发生了故障。继而他开始操纵客机向左转，希望向爪哇方向滑翔，最近的机场在190公里外的雅加达。

弗列曼这时按下发电钮："求救，求救，我们4个发动机全都完了！"

不一会儿，斯格回来报告："供油系统完全正常！"

没有了动力的747客机已开始从1.1万米高空滑翔而下。卡尔斯机长拼命维持飞行高度，操纵飞机向雅加达滑翔。弗列曼则不断地做着重启发动机的努力，但是，4个发动机仍然没有启动。

飞机下降得很快，到了离地面只有8 000米的高度时，一声警号打破了驾驶舱中紧张的寂静。没有了动力，驾驶舱里的加压系统失效，驾驶舱里的人员必须带上氧气面罩工作。然而，他们发现氧气面罩全都坏了！

真没想到，一切麻烦事都凑到一起了。

客机在下降时不住地颤抖，好像要四分五裂。去墨尔本一家电视台就职的乘客斯理莫，觉得自己像坐在一部断缆的升降机里，被震得全身麻木，几乎要瘫痪。他感到情况不妙，立刻掏出一张纸，草草地写了份给父母和女友的遗书，然后闭上眼，等待死亡的降临。

客舱内许多乘客脸色苍白，不住地祈求神灵相助。来自伯斯的女乘客米斯丽不停地大叫："不，不，不能就这样完了！"

离雅加达机场还有130公里，当中有一道海拔3 000米的山脉，747客机在滑翔中不可能越过去。要是发动机始终无法启动，卡尔斯机长只有把飞机迫降在大海上。

开了十年飞机的卡尔斯，从来没有经历过这样的遭遇，他不敢细想将会出现什么样的结果，只是让所有服务人员帮助乘客穿救生衣，准备迫降海上。

飞机降到4 000米以下，卡尔斯望望四周，看到发动机不再发出怪光，可是仍然静止不动。他十分恐惧，最多再有6分钟，飞机便没有高度了。

飞机滑翔了13分钟，弗列曼再次试着启动发动机，他已紧张得浑身是汗。突然，他看到发动机指示器上的指针微微动了一下，随后听到4号发动机启动的声音。4号发动机突然恢复了运转。

弗列曼的心一阵狂跳，他不知是凶还是吉。又过了80秒钟，3号发动机也运转了，紧接着2号、1号也一同低声地吼了一声。

卡尔斯机长将信将疑，试着拉动操纵杆，飞机开始上升。

飞机恢复了正常飞行，乘客们松了一口气，顿时都无力地瘫坐在椅子上。

不一会儿，飞机飞越了山脉，盘旋在雅加达机场上空。卡尔斯发觉，正前方什么也看不见了，挡风玻璃不知怎的成了模糊一片，几乎看不到跑道灯光。

卡尔斯机长迅速扳动了测量跑道近端讯号距离的仪器开关。依他计算，要维持正确的高度下滑航迹，他们需每公里下降约60米。他便对弗列曼说："10公里外，应该离地550米……6公里外应离地310米……"

机长卡尔斯操纵客机沿着这个斜度奔向机场。乘客们纷纷用手臂保护着头，膝上放着枕头，以缓和迫降时的撞击。

卡尔斯发觉挡风玻璃外沿10厘米处稍微清楚一些，俯身侧坐着，他看到模糊的跑道灯光迎面冲来。卡尔斯迎着灯光，巧妙地使飞机顺利着陆了。

机舱里一位乘客领头鼓起掌来，接着整个机舱响起了一片掌声。

人们很快弄清了飞机在空中发生故障的原因。原来，在1个多小时以前，靠近雅加达地区的爪哇岛西部发生强大的火山喷发，空中的燃烧物和灰烬像流星似的朝四面迸飞。当灰烬和飞机的挡风玻璃及机翼相撞时，便爆发出许多绿色的火花。灰烬被发动机吸了进去，使发动机停止了运转。直到飞机飞离这片被"污染"的空中区域，发动机才恢复了正常工作。

伦敦地铁大火灾

　　1986年11月18日黄昏时分，伦敦城笼罩在灰蒙蒙的雾霭中。在英格兰银行供职的19岁的德比·伍兰妮小姐迈出银行大楼，疾步穿梭在伦敦街头。她无心观赏都市的夜景，而是直奔国王十字地铁站。

　　这是伦敦地铁最大最繁忙的车站，是通往英国东北部、苏格兰和约克郡的五条主要地铁干线的交通枢纽。它每天接送30多万乘客。伍兰妮小姐随着人流踏上金斯克鲁斯中央大厅木制自动扶手电梯时，抬起手腕看了一下表，时针正指向7时30分。

　　这木制电梯极为陈旧，据说已有46年历史。但眼下还像展示老古董一样，依旧让其运行。电梯载着她和其他乘客一步步朝售票厅方向升去。

　　突然，伍兰妮小姐感到脚下热乎乎的，并闻到一股异样的烟味。她低头一看，发现木电梯底下闪现红光，似乎还隐隐约约看见一片烟雾。

　　她心中一惊，本能地猛推身前的人群，尖叫道："救命啊！电梯失火啦！"

　　周围乘客都为这位金发姑娘的失态而惊诧。但是，紧接着他们也闻到一股异常的气味。有人急速地将情况报告给正在值班的地铁工作人员。过了一会儿，地铁站内响起了刺耳的报警声。

　　惊慌失措的伍兰妮小姐等电梯升到售票大厅，就赶紧排队买票，准备乘地铁回家。她的父母正在等着她回去共进晚餐呢。然而，顷刻间，整个大厅被烟火吞噬了。刺鼻的浓烟翻滚着，从四面八方向人群袭来。人们被熏得睁不开眼睛，泪如泉涌。地铁里到处都是滚烫的，到处都吐着火舌。

　　伍兰妮小姐更加恐慌，一头金发散乱开来。突然，听到一个老太太在呻吟："救命啊！我挺不住了！"她顺声摸过去，试图将被推倒在地的老太太搀扶起来。但后面拥来的乘客实在太多，她自己也被推倒。

　　她迅速地抱住身边的一根花岗石柱，挣扎着重新爬了起来。这根柱子救了她的命。而刚才还在地上呻吟的老太太，此时一点声息也没有了。

晚上7时46分，消防车冲进地铁站。但这时蔓延在站内各处的暗火已全面燃烧。升腾的烟气笼罩着整个地铁站。站内惊恐的叫喊声和"噼里啪啦"的燃烧声混杂成一片。到8时15分，赶到现场的消防车已有20辆。救护车也开来了10辆，不断地将救出的伤员送往附近的医院。

处于重灾区的售票大厅，情况远比其他地方严重。数百名乘客被大火困在厅内。人们试图冲出去，立刻被挡了回来。一个男青年惨叫着，发疯似的奔过来。他的肩膀、背部在冒火，头发、眉毛全烧光了。人们冲上去，七手八脚地把他着火的衣服扯掉，发现他的脊背和臂膀都被烧红了。

大厅地上横七竖八地躺着被踩死和因窒息而死的人。伍兰妮小姐目睹这一切，不禁浑身颤抖。她知道死亡在威胁着她，求生的欲望使她振作起来。她想起自己的外衣是阻燃面料制作的，说不定可以抵挡一阵。于是，她脱下外衣裹住自己的脸，鼓起勇气往外冲。

往哪里冲呢？数以百计的乘客在售票大厅里像没头的苍蝇一样，到处乱撞，几乎把所有的通道都堵塞了。伍兰妮小姐冲了几次都没冲出去。忽然，一只大手抓住了她，她扭头一看，是个大胡子警察。他身后有20多个人手拉着手，组成了一支强有力的队伍。

此刻，大厅处于极度混乱之中，火焰在天花板上蔓延，厅内温度急剧上升。一块燃烧的天花板"哗"的一声砸了下来，大胡子警察大喊一声："闪开！"他一个箭步把伍兰妮推开。

大胡子警察告诉大家，一定要手牵手跟着他贴墙壁走，这样不易烧伤。大胡子警察对站内的路径很熟悉，一行20多人在他的带领下，沿着墙急步前进。

七拐八绕也不知转了多少弯，进了一个通道，又穿过两道小门，终于来到通往地面的台阶上。

逃离了地狱般的死亡火海，人们不禁欢呼起来，都要对那位大胡子警察表达谢意。这时，他不在了。

伍兰妮小姐朝火光里一指，"看，他在那！"人们看见大胡子警察又钻进了火海。

直到8时40分，扶手电梯上的火才被消防队员控制住。10时，主要火源被扑灭。等到火头全部熄灭，已是次日凌晨1时45分了。

　　这场严重的火灾，共造成32人死亡，170多人受伤，在售票大厅和检票口附近死者最多。

　　有趣的是，有相当一部分人在火海中戏剧性地活了下来。

　　消防队员在售票大厅两侧的盥洗室和厕所里，发现歪七扭八地躺着上百名乘客，个个昏迷不醒，但都没有停止呼吸。他们被救了出去，结果全被救活。据分析，是紧闭的门窗挽救了他们的性命。

　　伦敦地铁被誉为世界上最安全的地铁。但这场特大火灾，却给它的"安全"打上了一个问号。

洛克比空难事件

1988年12月21日晚上，在漆黑的夜色中，苏格兰洛克比村的上空突然出现了一团巨大的爆炸火球。美国泛美航空公司的一架波音747客机上的259名无辜的乘客，不管男人、女人或者是儿童，都在眨眼间魂断夜空。天空中，数千块金属的、皮革的甚至是人肉的碎片，从洛克比村的西北方向一直散落到北海边上。

洛克比镇，这个苏格兰最普通的小镇也惨遭飞来横祸，11个人被破裂成五大块的飞机残骸击中，不幸遇难。

洛克比空难实在是我们这个世界上最难解的谜之一，因此，所有的新闻媒体都新招迭出，试图解开这一谜团。

有人说，这是一名去底特律的毒品携带者，受人蒙骗把炸弹带上了飞机；有人说，中央情报局的一名官员，他的皮包被人倒换了，换到的是一枚炸弹；还有人说，中央情报局在法兰克福的欺骗行为被识破，200多名死难者便成为报复行为的殉葬品。

更离奇的是，有人把它跟萨拉曼·拉什迪的《撒旦诗篇》联系在一起，因为拉什迪在那本争议极大的小说里写道："在一个冬天的早晨，就在接近新年的一个黎明，飞机分裂成两半，像一只裂开的豆荚把它的胚种吐了出来，也像一只蛋壳破裂后把它的内部奥秘全部暴露在外。"这简直是103航班惨案的简要介绍。

记者认定，恐怖分子和中央情报局的斗争远未结束，与以前不同的是，恐怖分子使用了奇特古怪的"撒旦"式的手段，用这种手段来进行报复。

这次空难令即将上任的布什总统又气又恼，在这以后的三年中，他耿耿于怀，一再命令自己的老部下，中央情报局的官员们查清此案。他特别要想证明的，究竟是不是巴勒斯坦那些老对手在拆自己的台。

开始时，中央情报局的反恐怖主义专家们受到舆论的影响，确实比较倾向于空难事件是由解放巴勒斯坦人民阵线（总指挥部）书记贾布里勒干的。但是，在洛克比附近一个场地上，一位苏格兰工人偶然找到了一块指甲盖大小的烧黑的铜片，它排除了贾布里勒作为最初嫌疑犯的可能性。

根据爆炸专家和波音747制造工程师的分析，这块铜片根本不属于波音飞机上任何一个部位的碎片，而是一种定时装置的电路板上的一小片。这就证明了这样一个事实，放在飞机行李舱前部14L号行李柜里的炸弹是由集成电路板驱动的。而贾布里勒制造的炸弹，总是由装有测高仪引爆装置驱动。

103航班在30 007英尺的高空爆炸，跟贾布里勒引爆装置定格在30 000英尺，纯属一种巧合。历史再一次捉弄了心怀成见的中央情报局官员，让他们15个月来精心构筑的理论和假设，统统落了空。

对铜片的进一步分析，证实了这个碎片曾被放进一个不工作的收音机里，爆炸剂是一种称作RDX的弹性塑料炸药，由两节AA电池驱动，整个收音机用一件衣服包住，衣服来自马耳他一家叫"玛丽屋"的商店。可是，是谁放的炸弹，为什么要放炸弹，仍然是个谜。中央情报局、联邦调查局、苏格兰警方和英国情报局兜了个圈子，又回到了调查的出发点。

不久，调查人员得到了一个有趣的线索，一位身份不明的人给罗马一家新闻社打了一个匿名电话，此人声称，泛美航空公司103航班被炸，是对1986年美国轰炸利比亚的报复。

起初，情报官们认为这是又一个《撒旦诗篇》式的臆想，但是不久他们截获了利比亚驻伦敦办事处主任发给的黎波里的电文，电文公开对空难事件表示"革命的祝贺"，并说："我们趁此机会希望你们'赞美上帝'，我们已经为美国侵略中被屠杀的烈士报了仇，坠毁的飞机上，有离开法兰克福回国的野蛮的美国部队。我以本人的名义和同伴的名义，向干这件事的英雄们表示祝贺。"于是，利比亚被迅速推上了头号嫌疑犯的席位。

最终的证据是在4个月以后发现的，专家们在这时已经发现，那枚铜片是荷兰一家公司生产的集成电路板上的一部分，这种电路板卖给瑞士一家公司，用来生产定时器，而生产出来的定时器确确实实出售给了利比亚的ABH公司，买主是利比亚军事指挥部和情报部门的高级官员伊兹尔·欣

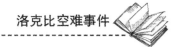

希里。

　　苏格兰警方一位年轻的专家进一步找到了这种定时器的样本，当他听说空难发生前，塞内加尔当局曾扣留过利比亚情报官，并在他们的手提包中搜出了手枪、炸药和10个炸弹电子计时器时，出于专家的直觉，他坚持要求看看留在塞内加尔那些违禁品。

　　利比亚的情报官早已被释放，而违禁品曾在塞内加尔的警方仓库里被拍了照片。苏格兰专家从那些黑白照片中，一眼就看到了那些电子定时器，它们正是在空难现场发现的铜片的来源。

　　后来，法国的联合航空运输公司一架772航班从乍得首都恩贾梅纳起飞，在尼日尔南部荒无人烟的沙漠上空被炸，现场也发现了跟洛克比空难中一样的电子定时器。而一位被捕的西非贩毒分子为了换取宽大处理，揭露了772航班的爆炸是由刚果反对派干的，他们的后台是利比亚。

　　至此，洛克比空难事件背后间谍活动的影子已经初露端倪。一场由洛克比事件引发的国际纠纷拖延多年，直到1999年，利比亚同意交出两名制造洛克比空难的嫌疑人，并且和美英就解决洛克比空难事件达成协议，同意向空难遇难者家属提供总额达27亿美元的巨额赔偿。

飞行的奇迹

  1990年6月10日早晨8时20分，英国航空公司的5390班机从英国伯明翰起飞，前往西班牙马拉加市。机上有81名乘客。机长蒂姆·兰开斯特向乘客们宣布："各位，请好好休息，享受飞行之乐。"乘客们听了，脸上都露出会心的微笑。

  客机逐渐升高。4名空中服务员开始给乘客送早餐。41岁的兰开斯特机长是位有1.1万小时飞行经验的老手，个性开朗，这时正坐在驾驶舱的左座上。39岁的副驾驶员阿斯尔·艾奇逊坐在右边，这是他第一次和兰开斯特合作，共同执行飞行任务。

  起飞后13分钟，飞机飞到了5 200米的高度。兰开斯特解开肩带，让安全带松松地系在身上。

  不料，几分钟后，随着一声轰然巨响，兰开斯特前面的左挡风玻璃被吹掉了。刹那间，飞机内喷出的加压空气把兰开斯特的上半身从驾驶舱的窗口推了出去。但他刚被推出，时速500公里的滑流又把他的上半身紧紧地压在机身上。

  3号服务员奈杰尔·奥格登听到那声巨响时，正站在驾驶舱门外的厨房里。他立即转身，恰好看见机长被卡在挡风玻璃脱落后的窗口上。他冲上前去一把抱住兰开斯特的腰。

  拉扯兰开斯特的那股力量异常强大。奥格登觉得自己的双臂仿佛要被扯断，似乎自己也在被拉向机外。

  "快来人帮忙啊！"奥格登大喊。但是，气流冲走了他的声音，而坐在右边的艾奇逊又正忙于控制飞机。

  机舱服务组组长约翰·休华德一个箭步冲向前去，跳进狭窄的驾驶舱帮助奥格登。他用胳膊肘钩住机长座后的拴带，伸出一只手抓住奥格登的腰带，再用另一只手抓住兰开斯特的长裤。

由于没有装备氧气面罩，机长随时有可能因缺氧窒息而死或被机外零下2摄氏度的空气冻死。

这时，艾奇逊只有一个选择：把飞机尽快地降到3 000米的高度。那个高度的空气中有足够的氧，无需使用氧气面罩。

艾奇逊以接近600公里的时速俯冲，不断呼叫："求救，求救！这是5390，机上发生了爆炸性失压！"

飞机俯冲时，乘客们并没有出现明显恐慌。飞机降到3 000米的高度后，艾奇逊使飞机水平飞行。他在安全限度内尽量慢飞，希望能帮助奥格登和休华德把机长拉回来。

然而，他俩使尽全力，也无法把机长的身体挪动半分。滑流把他的身体紧紧卡在那里，两条臂膀在机外摆来摆去。

29岁的服务员西蒙·罗哲斯身体强壮。他跑过来协助奥格登和休华德，终于抬起了兰开斯特那条压在飞机左边操纵杆上的右腿。但是，机长的左腿仍然卡着。罗哲斯伸手抓住兰开斯特的脚踝，把他的右腿挪开。可是，他随即大吃一惊，因为机长的身体又向外滑动了15厘米。片刻之后，当飞机向左倾斜改变航线时，兰开斯特的身体滑向下方，贴着侧窗。罗哲斯看到了机长满脸血污。"机长不可能还活着，他的脊背一定被折断了！"艾奇逊在强风中大喊着。

失压发生后9分钟，南安普敦机场守望组经理克里斯接收到空中呼救信号。他立刻宣布全面戒备，并召来了警察、救护车和消防队。艾奇逊将独自驾驶客机在他不熟悉的一个机场降落，但仍然镇定自若地向乘客们讲话："女士们，先生们，我是副驾驶员。请听从机组人员的指挥。"

乘客们仍然不知道是什么原因使这次愉快的飞行变成了梦魇。而此时机长的身体仍贴在机舱外，处于危险之中。

克里斯引导着艾奇逊降落。艾奇逊非常清楚，如果飞机着陆时冲击力太强，就可能把机长震落。南安普敦机场的跑道很短，容不得丝毫差错。

离机场五公里左右时，艾奇逊报告："跑道在望。"克里斯答复道："你可以着陆了。"

乘客们只感到轻微的震动。飞机滑行速度渐慢，终于停了下来。有几秒钟光景，舱内鸦雀无声。接着，机组人员开始迅速疏散乘客。

这时是8时55分。"真是一次了不起的着陆。"克里斯用无线电话对艾奇逊说。他从耳机里听见艾奇逊在低声饮泣。

消防员们很快冲到客机上开始抢救。消防员福克特看见兰开斯特的头动了动，还抬了起来。他大吃一惊，托起了机长，机上的人合力把机长轻轻地抬回机内。福克特听见他嘴里在咕哝："我在什么地方？"

几分钟后，兰开斯特被送进了医院。检查一番以后，医生说："他的情况较好。"令人难以置信的是，除了冻伤、右臂和手腕轻微骨折、大拇指折断和身上有大片擦伤外，他竟没有别的伤。

后来，调查人员发现这起险些酿成惨剧的事故，是由于出事前约30小时这架客机更换挡风玻璃时，所用螺栓不合规格而造成的。

切尔诺贝利核电站爆炸

　　切尔诺贝利是个富有浓郁乡土气息且景色迷人的乌克兰小城镇。每到夏天，许多基辅人、莫斯科人、列宁格勒人都喜欢全家老少一起来这里度假。他们租下几间木屋作度假"别墅"，采集蘑菇，做果酱。似乎谁也没有在意位于切尔诺贝利以北不远处的一片"禁区"，那里有着由厚厚的混凝土覆盖着的巨大建筑群。

　　这些由混凝土封闭起来的建筑物就是核电站。

　　切尔诺贝利核电站建于1971年，有四个核反应堆发电机组，每个机组拥有巨大功率。它每年的发电量约占全前苏联核电力的10%。因此，切尔诺贝利在前苏联小有名气。但在世界上，它却默默无闻。然而，1986年4月切尔诺贝利核电站发生的核事故，却使它一夜之间震惊了全世界。

　　1986年4月25日深夜，愉快地度过了周末的人们已经进入梦乡。谁也没有想到，切尔诺贝利核电站4号反应堆这只"魔盒"的盖子正在悄悄地松动，一场浩劫正在向人们袭来。

　　26日凌晨1时23分，切尔诺贝利核电站上空突然闪现出异样的红光。随着惊天动地的两声爆炸巨响，30米高的火柱直冲云霄，熊熊火焰照亮了漆黑的夜空。两名操作人员当场被坍塌的混凝土构件砸死。

　　4号反应堆仿佛成了一团大火球。滚滚浓烟夹杂着大量放射性物质，释放到大气中，使周围环境的放射剂量达每小时200伦琴，为人体所允许剂量的2万倍。人如果受到如此高辐射的伤害，轻者会患上放射病，重者会当场死亡。

　　大爆炸之后，火势迅即蔓延，核电站多处着火。从火情来看，机房屋顶着火最紧急。如果屋顶坍塌，会砸在3号反应堆上，使之失去封闭性，而造成新的核泄漏，其后果将不堪设想。

　　最先赶到出事地点的是普拉维克中尉率领的消防队。队员们冲上机房屋顶，很快将火扑灭，从而切断了通往3号反应堆的火源。此刻，4号反应堆火光冲天，由基宾克中尉率领的消防队，正冒着扑面而来的热浪往上攀登。他们顺着梯子往上爬，抱着水龙头喷水灭火，表面的火很快灭了，而基宾克及4个年轻的消防队员却被高辐射击倒，当场牺牲了。其他灭火的人或被火烧伤，或受到严重辐射，一个个摇摇晃晃，跌跌撞撞，呕吐不止，被抬出了现场。

天快亮时，火终于被扑灭了。但4号反应堆还在喷射着黑烟，这说明核泄漏还在继续。由于核反应堆的高辐射，人员无法接近，赶来现场的专家们商定用直升飞机从空中把一袋袋沙子、硼砂、铅锭投放到反应堆上，以堵住裂口，封闭辐射源。于是，数百名青年将沙子装在口袋里，几架直升飞机在200米的高空将沙袋投到裂口上。经过十多天的奋战，终于在4号核反应堆外面加上了厚厚的保护层，止住了核泄漏。

虽然"魔盒"被关闭了，但爆炸后飞出去的那部分"核魔"，却在污染着周围的环境，危害着人们的生命。

在切尔诺贝利核电站西北18公里处，有一座拥有5万居民的新兴城市，叫做普里皮亚季。由于核污染看不见、嗅不到、摸不着，人们未认识到核污染的严重性。出事那天，普里皮亚季市并未采取有力的防污染措施，市民们仍然像往常一样，在街上散步，到浴场游泳，去河边垂钓。孩子们照常上学，照样在户外玩耍。结果，患放射病的人越来越多。

事故发生快一昼夜时，当局才作出出事地点30公里范围内所有居民全部疏散的决定。27日凌晨，普里皮亚季市政府通过广播电台，向全市居民发布紧急通告："鉴于切尔诺贝利核电站发生事故，宣布全市居民疏散。疏散开始时间为今天下午14时。请携带随身证件、生活必需品到指定地点集中。"

12时刚过，大多数市民按照广播的要求，到指定地点或在家门口等候上车。

上千辆汽车排成两列，沿着公路蜿蜒行驶。成千上万的人就这样离开了自己的故乡，没有人哭泣，没有人叫骂，人们默默地任凭窗外的田野和景物向后掠去。傍晚，他们分别到了基辅和其他陌生的地方。

8天后，普里皮亚季成了一座空城。街上看不到一个居民，只偶尔有几只失去主人的狗在到处乱跑，但是，它们不久也将死去。

梦断挪威海

1989年2月28日，苏联新式核动力潜艇，6 400吨级的"共青团员号"出发了。

这是苏联从未有过的高级潜艇，被海军誉为"舰队之珠"。它这次出洋的任务是去秘密监视北大西洋公约组织在挪威海岸以西650海里处举行的一次军事演习。

在出发前的例行大检中，机械师发现氧气平衡调节系统不稳定。但是军令如山，来不及修复，它只好带着这个潜在危险上路。

此刻，"共青团员号"正载着69名成员及最高军事机构的无限希望劈波斩浪，驶向大洋深处。

4月7日，已是潜艇航程的第39天。路程已走大半，潜艇一直正常。他们正在挪威海岸以北约91米的水下152米处朝目的地前进。

上午11时3分，指挥中心的自动报警器响了：尾部的7号舱温度已达华氏160度，舱内起火了。舰长万尼马上命令所有舱立即各自密闭以阻止火势蔓延。

"谁在那里？"万尼问值日官尤丁。

"卡萨维里，但我无法叫他。"

他们知道现在最有效的办法就是往7号舱喷入阻燃氟利昂，但这将使卡萨维里窒息。

为了潜艇，别无选择，舰长万尼含泪命令6号舱的库卢提把通向7号舱的氟利昂阀门打开……

毫无疑问，卡萨维里窒息而死了。然而那套不争气的调节器却开始向7号舱供氧，大火又猛地燃烧起来，高压供气管爆裂，舱内温度高达上千度。大火愈烧愈烈，并开始向6号舱卷去。

库卢提跑都来不及，只有对着话筒大叫道："指挥中心，涡轮机漏水，水压不足！这儿水闷水热……"接着就是垂死的惨叫。

几分钟内，火情恶化。指挥中心的控制台上火花乱迸，电子系统面板上也开始起火。指挥中心的人乱作一团，七手八脚地把各种电线电缆和面板往下拽。

这时，设在4号舱的反应堆冷却剂循环泵开始冒火。万尼命令关闭轮机，熄灭反应堆。但是，没有前进动力的潜艇很快就会下沉。万尼惟一的希望就是让那些尚未受损的高压气管立即起作用，放出高压气体把压舱水挤出舱。他马上进行了操作，潜艇开始慢慢爬升。

11时16分，潜艇浮出海面，覆在壳外的一层厚厚吸音橡胶由尾部开始从滚烫的金属壳上剥落，带着难闻的气味掉到海水里。接触到艇壳金属的海水沸腾着、嘶叫着，冒出阵阵呛人的白气。

这次行动纪律严明，连舰长万尼也没有权利在国际通讯频道上发"SOS"信号。他们只好将遇难信号发往在北莫尔斯克的北海舰队司令部，但没收到回音。

11时35分，滚滚的蒸汽和难闻的气味使站在甲板上的人呼吸困难。水手们都在拍打自己呼吸面罩上通向中央空气清新器的软管上的火苗。查伊兹医生突然闻到自己面罩里有种异味，便马上换上防毒面具。

查伊兹匆匆奔向厨房间，厨师和两名船员已经昏迷在地。查伊兹把他们的呼吸面罩摘掉，将他们拖上甲板。在新鲜空气中，他们很快恢复了知觉。

"你们怎么样？"查伊兹问，"什么时候开始用面罩的？"

"就在他们报警说7号舱着火之后。"

查伊兹明白了：7号舱燃烧后造成的高压已把有毒气体通过爆裂的通气管压入了中央空调系统。他向艇长报告：这些人因吸入了一氧化碳而中毒。万尼命令所有人员丢开面罩，使用便携式防毒面具。

12时25分，北莫尔斯克终于来了回电："救生船已经启锚，但至少要等到天黑才能到达。应急飞机已经起飞。"

苏联同挪威曾达成协议，互相救助对方遇险的船只。可以载乘20人的挪威"海王"直升机能在两个多小时后到达出事地点，但苏联国防部没有利用这个机会。有人认为是莫斯科没有及时通报"共青团员号"的准确位置，而另有人认为由于挪威是北大西洋公约组织的成员国之一，苏联不想让自己的最新式核潜艇的秘密暴露给西方。

甲板上火势未减，已有两人死亡。

下午2时40分，海水涨潮了，风越刮越猛，并夹着雪粒。但对于爬上甲板呼吸着海上空气的人来说，最艰难的时候似乎已经过去。6号和7号舱里充满了氟利昂。从北莫尔斯克飞来的飞机在潜艇上空开始盘旋，人们欢呼雀跃。

4时24分，氧气再生瓶的爆炸使得钛合金舱壁裂开大口，7号舱涌入海水。"共青团员号"尾部下坠，头部上翘。

万尼舰长问是否所有人员都在甲板上，他得到了肯定的回答，但还有值日官尤丁和其他几个人在下面舱内。

"我去把他们叫上来。"万尼边说边跳下甲板。

甲板上的人手忙脚乱地去解缚在艇侧的救生筏。刚解下一个就被风刮走了。又解下一个，被风吹到潜艇的另一侧，倒扣在海面上。他们拼命游过去抓住救生筏，却不能把它翻过来，只好爬上去坐在顶上。

下午5时8分，"共青团员号"终于沉没。这群麻木的水手呆呆地望着刚才还有潜艇漂浮的那片空空的海面。

6时10分，救生船赶到现场，放下两艘摩托艇。到最后，总共救起27人。

"自动"飞机

　　1989年7月4日，在波罗的海沿岸的北部，驻守该地区的苏联空军部队正在该市郊区一个军用机场进行正常的飞行训练。早晨7时18分，42岁的斯库里金特驾驶一架米格—23战斗机滑到起飞线。

　　作为苏联的一级飞行员，斯库里金特有丰富的飞行经验。但是这一天，他感觉情况有些异常。在上升到150米左右的高度时，他突然听到飞机进气道发出爆炸声。同时，他感到发动机推力下降，飞机开始有一种下沉的迹象。斯库里金特马上向地面塔台汇报："发动机失灵！"

　　"马上跳伞！"地面塔台果断地命令道。而此时，飞行高度已很低了，时间不能再耽误。

　　斯库里金特接到命令后，瞅准机会，在离地约100米的高度跳伞成功。

　　他着地后，沮丧的情绪油然而生：这下完了！他确信自己那架心爱的飞机，会在无人驾驶的状态下朝波罗的海方向飞去，很快便会葬身于大海之中。

　　然而，此时发生了令人意想不到的奇迹。这架无人操纵的米格-23战斗机鬼使神差般地自动升高，如一支减缓速度的飞镖，飘飘悠悠朝西南方向飞去。

　　而西南面正是当时东西方的"铁幕"地带，是当时华约和北约两大军事组织重兵集结、相互对峙的禁区。

　　无人驾驶的米格—23战斗机缓缓飞越拉脱维亚的领空，穿过波兰，又横跨当时的民主德国，于7时50分慢条斯理、晃晃悠悠地进入当时的联邦德国。

　　飞机一进入，立即被北约设在那里的警戒雷达发现。"敌机进入！"军官们马上汇报。北约军事指挥部收到汇报后，大为震惊。于是，两架美国空军驻守荷兰军事基地的F—15战斗机接到紧急命令："立刻起飞拦截，以探虚实。"

　　只见那架无人驾驶的战斗机像醉汉似的，跌跌撞撞闯入荷兰领空，而那两架美国战斗机早严阵以待。双方的距离越来越近，似乎一场惊心动魄的空中战斗一触即发。

然而，当F—15战斗机的飞行员看到苏军飞机机尾上的红星时，突然发现该机没有座舱盖，机头也没有飞行员，更未携带导弹。这可真是天大的怪事！

诧异万分的美国飞行员们无论如何也想象不出，苏军飞机是根据哪条航空理论定律而这样超乎常规飞行的。

此时，地面指挥人员要求：当该机对地面人口稠密区造成威胁时就立即将其击落。这当然是十分危险的决定和举措了。

无人驾驶的战斗机在稳稳当当地飞越荷兰领空，饱览了著名"低地"国家的秀美风光后，又进入比利时领空。

此后，它的速度便愈减愈慢，飞行状态也开始不稳定起来。

8时47分，正在航行中的米格—23战斗机像一个心脏病突发猝死的病人那样，一头向左下方扎去。

飞机坠落在比利时首都布鲁塞尔以西80公里的一座小村庄的房子上。

当时，一名19岁的青年男子正在屋外的花园里修剪草坪。事后，他描述道："我听到一声巨响，随着火光一闪，屋子便塌了。一架飞机从天而降，并烧起来。我看傻了。然后，不知什么东西忽然砸到我脑袋上，可能是飞机碎片吧，我就昏了过去……"

这位19岁的青年可谓命大，他的屋子全都被毁，他却安然无恙。这架无人操纵的战斗机长途飞行了900余公里，飞越了5个国家的领空，而它的坠毁，不是在繁华而又人口稠密的布鲁塞尔，而是选在这间只有一个人居住的乡村建筑上空坠毁，将损失减到最小，这更令人称奇。

到目前为止，各方都达成共识的解释只有一个，那就是：飞机加速器的关闭导致推力骤然下降，由于振动改变了飞机的仰角，并接通了正常的飞行线路，飞机在发动机无大的推动力的情况下继续飞行了900多公里，直到机上燃油耗尽。

战斗机在无人驾驶的情况下，竟能飞行79分钟，飞了那么远，这在世界航空史上是绝无仅有的。尤其值得人们关注的是这次"空难"的伤亡数目实在小得惊人，惟一受伤的那位19岁的比利时青年也只受了一点皮肉之苦。难怪这架战斗机原来的驾驶者斯库里金特会说："或许这战斗机使用久了，也有了灵性，不做让主人伤心的事。"

勇敢的冠军

1990年6月27日早上，曾荣获13次欧洲冠军和7次苏联冠军的速度潜泳运动员沙瓦尔什和胞弟卡莫及其他队员像往常一样在进行20公里长跑锻炼。

他们跑到埃里温水库边，只见护栏断开一大段，岸边挤满了人群。沙瓦尔什听说一辆满载乘客的无轨电车跌进了水库里，水面上只露出两只滑轮。巨大的漩涡渐渐消散，水面重新连成一片，整整一车乘客被吞没了。

沙瓦尔什立刻向卡莫打了个手势，脱下被汗水湿透的衣服，甩掉了运动鞋，卡莫也跟着这样做。转眼间，兄弟俩出现在水中，向隐约可见的滑轮游去。

沙瓦尔什游到滑轮处，头一扭，瞥见身后的卡莫，说道："你浮在水面上，等救生员。"然后，他深深地吸了一口气，"扑通"一声扎入水中。

水下的能见度很差，但沙瓦尔什却看清了车身的位置。他抓住滑接杆，尽量延长憋气时间，从后面游近无轨电车。

后面的玻璃窗是最宽的，倘若把它打碎，就打通了一条救生之路。他紧紧抓住车后的金属挂梯，身子后倾，顶住水流的强大阻力，用两脚猛踹玻璃窗，玻璃很快被踹碎了。

沙瓦尔什游进车厢，在水中他看到一些模糊不清的人影在浮动。他赶快抓起离自己最近的一个黑影转身钻出车厢，两腿抵住车顶全力一蹬，急速向水面游去。他浮出水面后，发现被救的是一位妇女。

两只救生船从两面靠拢过来，把救上的人拉上了船。

沙瓦尔什吸了几口气，又一次潜入水下，并用娴熟的潜泳动作，加快了下沉的速度。他抓住窗框，进入车厢，把近旁的一个人紧紧抓住，冲向水面。

卡莫从哥哥手里接过第二个妇女，把她安置在船上。

第三次，沙瓦尔什极其准确地找到了目标。他毫不耽搁地把一个在车内顶棚处浮动的人拽到自己身旁，快速向水面游去，交给了卡莫。

"你身上全是血！"沙瓦尔什猛然听见有人冲他喊，他知道是玻璃扎破的。

"岸上情况怎么样？"他问卡莫。

"正在加紧安装重型起重机。"

"起重机，太棒了。"他心想，又吸了几口气，很快沉入水底，钻进车厢，紧紧抓住被救者，用力地摆动双腿向上游去。

沙瓦尔什不断潜入水中，不顾疲劳，将人一个个地托出水面，速度几乎比救先前的几个人要快一倍。

当他救起第十个人时，陡然感到脑袋"嗡"的一声，眼前仿佛簇簇焰火迸溅。他咬紧牙关，把人抓得更紧，拼命向水面冲。

当隆隆作响的起重机在堤岸上放下又粗又长的重臂，安装制动履的时候，沙瓦尔什还在一次又一次地下潜。

当他救起第二十个人的时候，突然听到卡莫的说话声："起重机准备完毕，快去取钢缆来。"

起重机的发动机开始哒哒作响。卡莫把钢缆送到电车下沉的地方。沙瓦尔什又一次潜下去，这次潜水的目的是找到电车的拖曳钩。他一个猛子扎入水下，将钩子挂好，然后飞快地游出水面，向岸边游去。

这时，钢缆开始振动、绷紧，约摸过了两分钟，水库里的水翻腾起来，电车慢慢露出水面。随后，庞大的电车渐渐靠近堤岸。

大规模的抢救工作开始了。

沙瓦尔什疲惫不堪地倒在堤岸上，四肢布满了鲜血。殷红的血从大大小小的伤口流淌出来。他一共从死神手中夺回了20条生命，车厢里其他35名乘客都在灾难中丧生。

人们很快将沙瓦尔什送进医院，极度的疲劳使沙瓦尔什得了肺炎，高烧不退，病情险恶，康复极其困难。他躺在病床上，一遍遍地自问："难道这是我吗？"

45个昼夜后，沙瓦尔什的体力开始恢复。几个月后，他回到了游泳池。不久，他创造了苏联新纪录，继而打破了世界纪录。

大灾难中的小英雄

2004年2月14日，这是个充满温馨、充满祥和、充满爱意的日子。这天是情人节！

几天来，莫斯科下了场大雪，街道旁、屋顶上积了厚厚的一层雪。好在莫斯科人不怕冷，大街上依然人来人往，煞是热闹。

在熙熙攘攘的人群中，有一个三口之家，正匆匆忙忙向前走着。看得出，这三个人不是本地人，他们住在特维尔市，是特地赶到首都来欢度节日的。

走在当中的小女孩名叫萨莎，今年8岁。由于今天是爸爸热里亚的生日，因此妈妈柳芭提议到莫斯科过生日。他们要到莫斯科水上公园痛痛快快玩一天，然后乘晚上的火车回家。

莫斯科水上公园是个综合游乐场，有体育馆、游泳馆、餐厅、游戏厅……每天游人不绝。萨莎和爸爸妈妈来到了水上公园。走进大厅，里面温暖如春。爸爸妈妈在咖啡厅坐下，品尝着美味的咖啡。萨莎早已忍不住了，她将皮衣皮帽交给妈妈，独个儿进了游泳馆，跳到冒着热气的游泳池里游泳了。

萨莎早在4岁时就是个游泳高手了。她在水里一会儿仰泳，一会儿潜泳。她正游得自由自在，忽然头顶传来轰隆隆一阵响声。她抬头一看，只见屋顶坍塌下来，大块的水泥预制板和雪团落下来，有一根很粗很长的横梁砸下来，就落在她的身旁。那钢筋水泥横梁猛地落地，震得大地发抖，水花四溅，萨沙只觉得一阵眩晕，差点倒在水里，但她扶着水池边的扶手没倒下。

萨莎一下子又清醒过来。她本能地吸口气，潜入水中，以为埋在水里就安全了。

她刚潜入水中，发现一个一点儿大的小女孩，也许是从母亲手中失落，正沉向水底。萨莎什么也没想，一把抓住她的小背心，两人一起浮出水面。

萨莎抱着小女孩刚露出水面，还没来得及爬出游泳池，从屋顶上又哗啦啦落下一块又一块预制板。这些大大小小的水泥板块，层层叠叠地落在萨莎头顶上方，就像个巨大的水泥盖子，将她紧紧地罩在游泳池里。

　　萨莎所在的是儿童游泳池，水不太深。她站在水里，将脑袋升出水面，怀里紧紧地搂着那比她小几岁的小女孩。事后才知道，这小女孩名叫玛莎。小玛莎惊恐万状，已经哭不出声，只知道紧紧地搂着萨莎。萨莎则连哭带喊，大声求救。

　　这时，游泳馆里一片混乱。呼救声、哭喊声、墙壁倒塌声、池水流淌声响成一片。

　　萨莎的妈妈沿着断裂的墙壁，一路狂奔过来。她大声呼喊着萨莎的名字，她几乎疯狂了。当她站在萨莎所在的游泳池边时，仍在呼喊着，要不是萨莎听见妈妈的叫声，大声喊妈妈，她还发现不了萨莎呢。

　　妈妈发现了萨莎，连忙动手去搬那些水泥板块。这些水泥板块一层又一层，怎能搬得动？两个可怜的小女孩，就像被埋在水泥浇铸的墓穴里，怎么也出不来。

　　游泳馆里，因空调机已毁，外面的冷空气涌进，池子里水温下降，寒气逼人。萨莎和小玛莎冷得瑟瑟发抖。妈妈趴在游泳池边，伸出手说："孩子，快，拉着妈妈的手，我把你拽出来！"

　　萨莎说："不，妈妈，不能，我怀里抱着个小妹妹。我不能把她放下，她不会游泳，她会淹死的！"

　　妈妈急得团团转。正在这时，救援人员赶到了。他们建议萨莎从混凝土堆里爬出来，但是，她说什么也不愿丢下小玛莎一个人逃生。

　　救援人员找来钢锯，将大块水泥板切割开，好不容易打开一个通道，又伸进一根竹竿，让两个小女孩抱着竹竿爬出来。

　　萨莎冻得嘴唇发紫，双手麻木。她使尽力气，将小玛莎推到通道口，紧跟着，萨莎自己跟了上去，一步一推，将小玛莎向前推了几步，外面的救援人员伸手拽出了小玛莎，又救出了萨莎。

　　当两个小女孩被送到医院时，医生发觉萨莎被水泥横梁的坠落震成了脑震荡。她的一只手臂骨折了，然而，她就是用这只已经骨折的手，抱着3岁的玛莎，整整坚持了一个多小时。在这场莫斯科水上公园坍塌事故中，萨莎被称为"大灾难中的小英雄"。

雪野电击

在冰岛的西北端，地处北极圈内的劳特腊尔地区，人烟稀少，却是一个重要的交通枢纽，被称为北极的"好望角"。

1979年9月10日，负责检修供电线路的电工霍利特带着他新收的徒弟朱希夫，冒雪外出检修。

这几天，接连降了几场大雪，好些电线杆被暴风雪刮倒，许多居民家断了电，纷纷打电话要求尽快修复。

路上积雪很深，倒下的电线杆横七竖八，电线满地都是，胡乱扯在一起。修复工作进行得很不顺利。

小徒弟朱希夫不耐烦起来，他把师傅平时的告诫都丢到了脑后，并不一一测试地上的电线是否带电，而是拉起线头就操作。结果，当他用手抓起一根带电的导线时，只听"啪"的一声，他被电流击得向后一仰，刚好倒在靠着电线杆缠绕电线的霍利特身上。

霍利特顿时觉得头皮发麻，他知道强电流通过了他们的身体，但他毫无摆脱电流的办法，而小徒弟朱希夫完全被震昏了。

霍利特站立的地面不平整，他的重心一移，直挺挺地向地上倒去。顿时，一道电弧从雪地里射出来，掠过他的上半身，严重灼伤了他的背部。电弧也使部分积雪融化，更增加了电击的危险。

一阵剧烈的灼痛使霍利特恢复了知觉，他勉强用胳膊支撑起身体，朝四周一看，不禁失声叫了起来："朱希夫！"

原来，小徒弟朱希夫这时正卧在电线杆旁，身体蜷缩得像在母亲腹中的胎儿一样。他的四周还不时放出电火花，一只运动鞋也被烧得直冒青烟。

霍利特心想：朱希夫莽撞犯了错误，却是一心想早点修复线路，我一定要想办法救活他！

霍利特看看周围没有什么可以借用的工具，要将朱希夫挑出电击范围，只能借用自己的身体。

霍利特深知电流原理，也多次尝过电击的滋味。他知道，人遭受电击后，会神经质地像胎儿般蜷曲起身体，这属生理反射。现在，他只能利用这个生理反射，徒手将徒弟拖出电击圈。

霍利特深深吸了一口气，试着身体向后倒，同时右手努力朝前伸。

霍利特的手不小心触到了融化的雪水。顿时，一道电弧闪过，他的手指一阵痉挛，身体猛地蜷曲起来，使他立刻脱离了电击圈。

这次虽没有抓住朱希夫的身体，但给了霍利特很大信心。他又一次使身体向后弯曲，瞄准朱希夫翘起的那只脚，一把抓住正在冒烟的运动鞋，将他朝这边拖了半步。

当然，电流毫不客气地又使他全身痉挛，抖个不停。

霍利特又一次脱离了电击区。他看到朱希夫已离开了原来的位置，顿时信心倍增。

他喘了口气，看清朱希夫的运动鞋已沾上不少雪水，知道再抓那里很危险，就移动身体，决定从侧面去拉他的滑雪衫。

表面上不湿的滑雪衫却是带电的，霍利特幸亏仍采取"后仰救护法"。如果他向前俯下身体去拉拽朱希夫，强电流产生的电击将使他跟朱希夫倒毙在一起。

这一次，强电流使霍利特一下子弹出老远，一头栽倒在地，后脑猛地被砸了一下，他两眼直冒金花，顿时昏死过去。

等霍利特再次挣扎着醒来时，发现朱希夫口吐白沫，情况非常危险。

霍利特一个翻身，用膝盖和肘部将自己支撑起来，再一次后仰下去，用手抓住朱希夫的滑雪衫。他再次被强电流击得反弹回来。这一次，他终于把朱希夫拖出了电击区。

朱希夫脱离电击区的瞬间，电火花烧着了他的滑雪衫。霍利特急忙爬过去，将他身上的火扑灭，他用手摸了摸徒弟的脉搏，发现已很微弱，就捏住他的鼻子，对他进行人工呼吸。朱希夫终于长长地透出一口气。

朱希夫得救了，而霍利特倒在地上，昏了过去。

不久，有辆汽车从这儿经过。人们发现了这两个遭受电击的幸存者，立刻把他们抬上汽车，送进医院抢救。

朱希夫很快脱离了危险，而霍利特因屡受电击，身体受到了严重的摧残，双腿不能站立，成了残疾人。

朱希夫跪在霍利特的病床前，泪如雨下，连声说："师傅，我对不起你，对不起……"

吃 人 树

在南美洲的亚马逊原始森林中，有一种十分高大漂亮的树木，叫奠柏树。它有着洁白的树干，柔软的枝条下垂着，在微风中像一个轻歌曼舞的少女手臂。

这种树木的高度都在二三十米以上，树冠像一座挂着珠链的漂亮凉亭。

傍晚时分，三个拄着拐棍、带着长枪长刀的人，蹒跚地走进了这漂亮的奠柏树林。这三位是从美国来亚马逊密林探险的，他们在这原始森林里已近半个月了。

今天，他们走了一天，又遇到了许多令人惊奇的事，像长脚的蛇、会飞的蛤蟆、在陆地上爬行的鱼，令他们大开眼界。今天是计划在亚马逊原始森林里的最后一天，他们打算找一块可以宿营而且比较安全的地方安顿下来，再给大本营发去电报，让他们明天一早派直升飞机到这里来接。

当他们三人在树荫下站住时，奠柏树挥动着绿色的长枝条，好像在热情地招呼远来的游客，要他们在它跟前好好歇一会儿似的。

他们三人抬头看了看这漂亮的树，年轻的卢格对领头的吕德里茨说："头儿，我们今晚就在这棵漂亮的树下宿营，怎么样？"

吕德里茨看了看天色，又看了看四周说："好吧！我们就在这里过一夜。"

于是三人放下背包，坐在树荫下休息了一会儿。吕德里茨说："快点，趁现在天还没暗下来，搭上帐篷吧！"

三人就七手八脚地搭好了帐篷，吕德里茨在给大本营发电报，哈利在为晚餐作准备，只有卢格在帐篷外观察四周的情况。吃完饭后，大家到帐篷外的大树下乘凉，吕德里茨和哈利两人在谈论如何想家，卢格逍遥地靠在树干上吹口哨，那柔软的枝条伸过来，拂在他的身上，使他感到痒痒的，好不舒服！一会儿竟打起盹来。

天渐渐暗下来了，风也大了起来，吹得那些树枝左右摇晃。忽然一声雷响，雪亮的闪光照得那些乱晃的树惨白惨白的。

哈利说："要下雨了，今天是在这里的最后一夜，望主保佑我们平安。"

吕德里茨说："放心吧，我们不会有事的，主会保佑我们，进帐篷去吧！"

话刚说完，那边卢格突然惨叫起来，这惨叫声伴随着闪电雷声让人听了毛骨悚然。

吕德里茨和哈利连忙赶过去，借着闪光看见卢格的全身被莫柏树树枝分泌出来的一种难闻的胶液黏住了，而那些原来看上去柔软的枝条，现在却像魔鬼的手一样伸向卢格，紧紧地捆住了他。

两人见状连忙跳过去想拉开卢格。可那些枝条不但捆住了卢格，还向他们伸过来。两人这才想起这里有吃人树，没想到就在眼前。

他们为救出卢格和自己，都拔出长刀，狠狠地砍向那些枝条。可砍掉这些枝条，其他的又伸过来。

地上的卢格被它们缠得透不过气来，用微弱的声音说："吕德里茨，别管我了，要不然你们也别想逃走。"

吕德里茨又砍断了伸向自己的枝条，说："别灰心，卢格，我们会救你出去的。"正说着，几条树枝又像长眼似的，同时卷向吕德里茨的手臂和双腿，他连忙砍向伸向手臂的枝条，可双腿却被缠住了，而且却越缠越紧，双腿好像要被缠断似的。

他手忙脚乱地砍断树枝，那边的哈利也传来凄叫声，吕德里茨跛着脚连忙跳过去，帮他砍断袭向他的三根树枝。只见哈利已经满身鲜血，他的左手臂已被树枝扯掉了一块肉，脸上、背上也被划破了一块皮。

两人又立刻冲向卢格。这时卢格的凄叫声已经很微弱了，只剩下呼呼的喘气声，他绝望地睁着眼睛。

吕德里茨蹲下身去砍卢格身上的树枝，哈利在上面左砍右挡，阻止树枝对他们三人的袭击。但还没等吕德里茨把卢格身上的树枝砍完，哈利已经招架不住了。

卢格用嘶哑的声音说："吕德里茨，求求你，别管我了。你的女儿还等着你回去呢！求你回去后，照顾我的母亲。"

吕德里茨知道这样下去确实救不了卢格，而哈利也快精疲力竭了，便噙着泪对卢格说："对不起，卢格，别怪我们。"卢格轻轻地说："头儿，和哈利一起冲出去吧，再见了。"

吕德里茨忙站起来，同哈利两人横砍竖割，好不容易挣脱树枝的纠缠，终于逃到了树荫外面。

他们眼睁睁地看着卢格渐渐地没有了声音。这时天下起了大雨，他们不顾一切跪倒在地，泪水和着雨水顺着脸颊流了下来。

第二天，天晴了，那棵美丽的莫柏树依然迎着朝阳舒展着柔和的枝条，要不是满地的断枝和吕德里茨他们身上的累累伤痕，谁会相信这棵美丽的树竟会吃人呢。

后来，他们在旁边的地上用刀写下了一行醒目的大字：前面有棵吃人树。

滨海沉城

19世纪60年代，智利北部的瓜萨尔亚是一个非常繁荣的海滨城市。由于瓜萨尔亚紧靠海湾，气候宜人，景色秀丽，不仅智利的达官贵人，就连秘鲁、玻利维亚和阿根廷等国的有钱人，也在这里建别墅、盖楼房。

瓜萨尔亚城成了当时智利的文化、经济交流中心。城里的人数由原来的5万人，猛增到14万左右。

瓜萨尔亚港口常常船只云集，来自世界各地的商船、货船和舰船，每天都有上百艘进港、出港。

1868年8月8日，虽然奇热难耐，但瓜萨尔亚城大街上仍是人来人往，热闹非凡。海滨浴场更是人山人海，人们在大海里畅游，在海滩上日浴。

突然，大地颤动了一下，接着一阵紧似一阵地摇晃起来。大地像波浪一样时起时伏，地面上出现了200多米长的裂缝。瓜萨尔亚城像浪尖上的小舟，一会儿被高高地托起，一会儿又跌落下去。

一场震级为里氏7.3级的大地震，在离瓜萨尔亚城只有20公里的海底爆发了。顷刻间，海水沸腾，卷起15米高的巨浪向岸上扑来。

许多市民陷入地缝。有的夹在泥里，头露出地面，活活被挤死；有的掉入地缝后，尸体又随喷水射到地面。一位年轻的母亲，忽然发现女儿掉进了地缝，她发疯似的喊道："救救孩子，救救孩子！"

惊慌失措的人们只顾自己逃命，谁也顾不上那年轻母亲的呼救。年轻的母亲一纵身跳下地缝，她去救女儿了。然而，眨眼间地缝合了起来，母女俩消失得无影无踪。

地震引发的巨浪横扫海滨浴场，在海水里游泳、沙滩上日浴的上万人，片刻工夫全部被卷进了大海。惟一幸存的是一个叫卡拉斯的浴场救护员。地震发生时，他正划着橡皮小舟在海面上巡视，一排巨浪把小舟掀翻了，卡拉斯也掉进了海里。

卡拉斯年轻力壮，常年生活、工作在大海上，水性特别好。他钻出水面，一把抓住橡皮舟，任凭海浪把他卷来卷去。

直到灾后的第六天，他漂到50公里外的秘鲁查拉海边，才被两个打渔的人救了起来。

地震发生前，瓜萨尔亚港停泊着美国的防护舰"弗雷多尼亚号"、秘鲁装甲舰"美洲号"、英国三桅船"查谢利亚号"，以及意大利、奥地利和智利等国的90多艘商船。

中午时分，正当船员们在港口的酒店里豪饮，军人们在大街上闲逛之际，突然从港口传来一阵沉闷的巨响。许多军人和船员开始还以为是哪艘船爆炸了，纷纷向港口奔去。当大地摇晃起来，他们才明白是地震。

2 000吨重的美国重炮防护舰"弗雷多尼亚号"，一下被巨浪抛得有70多英尺高。停在港口的许多船只也猛跳起来。

秘鲁坚固的装甲舰"美洲号"，由于有坚硬的锚链拉着，船体摆动还不太大。突然，"咔嚓"一声巨响，锚链断了。

顿时，滔天的巨浪猛地将"美洲号"推上沙丘，并跨过铁路线，一直送到离岸3公里的科迪勒山麓。船上幸存的60名士兵，只好依靠船上食物、淡水活命。

除了"美洲号"，停在瓜萨尔亚港的所有船只很快都被海啸卷得荡然无存。

两小时后，地震停止了。人们发现瓜萨尔亚码头全部沉进了大海。大街上水流成河，房屋倒塌，全城变成一片废墟。

人们还没有喘过气来，大地又一次晃动起来。地下传来一阵震耳欲聋的巨响后，一条长1 200米、深30米的地缝，横贯瓜萨尔亚城。刹那间，无数的房屋和人陷入了地缝，片刻又被"吐"出来。有些人被抛出来时还活着，但紧接着滚烫的泥沙岩屑从地缝里喷涌而出，他们又被活活烫死。

两次地震，使瓜萨尔亚城的人一下子失去了一大半。

幸存的人中，有的以为是上帝的惩罚，纷纷跪下祈祷，请求上帝饶恕。然而，更多的人明白是地震造成的灾难，他们商量着如何逃离瓜萨尔亚城。

就在人们还没有拿定主意时，8.3级的大震又开始了。大海边的花岗岩山脉"轰隆隆"地崩裂开来，飞沙走石，巨浪滔天，"哗啦啦"地坍落入

海。

　　脚下的大地抖动得更加厉害，并不停地向海边滑动。人们再也顾不上商量了，成群结队四处逃难。

　　地震引发了海啸，冲击着瓜萨尔亚城，没有来得及逃离的人，一次次地被冲起，又带回来。在反复冲击中，没有一个能生存下来。

　　忽然，海岸陷落，声如巨雷，浪高十多米，横扫一切建筑物。整个瓜萨尔亚城陷入了骇浪之中，连一点影子也看不见了。

　　瓜萨尔亚城沉海了，昔日繁华的城市在地图上消失了。

海啸吞人

1960年7月18日傍晚，在智利西北25公里外的海底，突然发生了一场震级达里氏7级的地震。

地震的巨大能量，顿时形成每小时800公里的激流，掀起滔天巨浪。一场海啸发生了！海浪呼啸着向四面八方散开，高达十多米的巨浪跃上距离最近的瓦尔迪维亚海岸，如巨石滚下山冈，如飓风掠过平川，在绵延30公里海岸线上连珠般排列的10个村庄，霎时间被它席卷而去。

许多村民被一阵震耳欲聋的巨响吓呆了，不知发生了什么事情。随着巨响，高高的海浪把房屋一座座踏平，把树木一棵棵拍断、卷起。所有的人，像被吞进巨鲸的肚子里，菜屑般上下翻滚。

浪峰汹涌着，吼叫着，势不可当地一路向前推进。

住在海边的巴西卡一家，当时正在吃晚饭。突然，地动房晃，紧接着传来闷雷般的啸声，全家人吓了一大跳。巴西卡放下饭碗，跨出家门，只见像椰子树那么高的海浪向他扑来。他大叫一声："不好啦！快……"

巴西卡话没说完，巨浪已冲了过来，将他卷入海水中。眨眼，他家的房屋被冲得无影无踪。

不知过了多久，当巴西卡醒来时，他发现自己躺在离他家2公里的山脚下，妻子和两个孩子不知去向……

海浪袭来时，两个孩子的母亲茜比妮正在屋里烧饭，怀里抱着出生半月的婴儿，3岁的儿子卡蒂在旁边玩耍。

突然间，海水从头顶上砸下。茜比妮被海水裹挟着翻卷，仍死死地抱着怀里的孩子……

待她苏醒后，大口大口地吐完海水，猛地发觉自己挂在一棵大树的枝上。怀中紧抱的婴儿已经窒息，儿子卡蒂下落不明。

兹乌敦村的西斯卡特家住在离海岸1.5公里的土丘上。当他听到吼叫的海啸声后，立即跑出屋子，发现海水涌来，远处的沙滩已变成海洋的一部分。

这时，他听到有一个妇女在呼救，西斯卡特跳进水里，拼命朝声音的方向游去。凭他健壮的身体和高超的游泳技术，终于接近在水中挣扎的妇女。西斯卡特使出全身力气，将她救上沙滩。

那个妇女并没有感谢他，而是哭喊着："孩子，我的孩子！"一扭头，又扑进了浪涛中，再也没能上来。

维卡克一家五口，刚放下饭碗，一阵"轰隆隆"的巨响，把正在洗碗的女儿丽琳吓得惊叫起来："爸，我害怕！"

"孩子，别害怕，我出去看看。"

维卡克走出家门，突然惊叫起来："海……海水冲来了！"

他急忙退进屋里，对家人说："快，快跑！"

一家人刚跨出大门，汹涌的海水一下将他们吞没了。维卡克在浪涛中一会儿上、一会儿下，拼命地挣扎着。眼看就要沉进水底，忽然一只手触到了一块木板。他牢牢地抓着不放，任凭浪涛把他卷来卷去。

海潮退去以后，维卡克跌跌撞撞地回到村子，展现在他眼前的是一片残垣断壁，妻子、孩子都不见了。

维卡克在海滩上、丛林中，到处寻找自己的亲人。第一天毫无所获，第二天、第三天，仍然是毫无所获。

他绝望了，失去了活下去的信心。就在这时，人们在十公里外的一片红树林中，发现了他的女儿丽琳。当人们把丽琳送到维卡克身边时，她两眼发直，一副傻乎乎的模样。女儿已经不认识父亲了。

海啸发生时，只有教堂安然无恙，因为它远离海岸，又是建在山坡上。

人们纷纷来到教堂，请求帮助。于是，教堂里惟一一架与外界联系的小型电台打开了。

"呼救，呼救，我们这里遭受一场灾难，可怕的海啸袭击了我们，请求帮助……"

半小时过去了，也不见回音。原来，这是周末的晚上。

直到第二天，人们才与外界取得了联系，告知海啸造成惨重伤亡的消息。

消息传开后，智利政府立即组成100人的救援队伍，出动了飞机、汽车，满载着食品、药品，纷纷向瓦尔迪维亚地区驶去。

救援活动开展以后，人们才逐渐看清这场海啸造成的令人震撼的悲剧。沿海岸的十个村庄荡然无存，全部成了一片废墟。救援人员察看被海水袭击过的现场时，发现无数尸体漂浮在礁缝里、沙滩上，或散落在红树丛中。由于气温增高，两天后尸体便开始腐烂，发出了刺鼻的恶臭。

救护人员打捞时，腐烂的尸体肢解断裂，有许多已捞不上来。岸边的野猪、野狗成群结队，与救护人员争抢尸体。有些被掩埋的，又被它们扒了出来。

昔日水清沙白的海滩，已经成了一个巨大的坟场。

这场海啸中共有1 205人死亡，5 000人下落不明。而幸存者中受伤者无数，这里几乎每个家庭都有人在这场浩劫中丧生，每个家庭都因此而残缺不全。

蚁群死亡线

一大早，伊尔逊马农场场长克拉格斯就被电话吵醒了。他抓起电话听筒："喂，哪里？"立刻，他的神情严肃起来，连连回答："好，好，我马上执行命令。"

电话是农场总局打来的，实际上是一个电话通知，说有一个长9.89公里、宽4.84公里的褐色蚁群，正向农场扑来，要伊尔逊马农场立即做好防备工作。

克拉格斯场长不敢怠慢，一放下电话，就匆匆奔向各个辖区。因为他知道，这群奔涌而来的蚂蚁，是南美洲的食肉蚁，它们到哪里，哪里就有一场灭顶之灾。

场长和各辖区制订了行之有效的计划。首先，他们把老弱病残和妇女儿童疏散到亚马逊河的对岸。然后，他们加深加宽了环绕居住区的各个排灌沟，并且想方设法与亚马逊河相连通。他们动手建了一条和储油库相连的耐火材料沟，准备在必要时发动火攻。

等他们做完这一切，茂密的森林里奔出许多动物，这意味着蚁群已经逼近了。没过多久，一大片蠕动着的黄褐色的蚁群，出现在森林边缘。

站在注满水的排灌沟旁的强壮汉子，手中的铁锹不由自主地握紧了。这时，从森林里逃出一只豹子，全身爬满了蚂蚁，它不时地打着趔趄，每奔一步，都显得力不从心。它刚跑了一段，就对天长啸一声，轰然倒地。只一会儿工夫，地上就出现了一堆白骨。

蚁群向排灌沟靠近了，人们看清那是一只只足有大拇指般大小的褐色蚂蚁。它们在沟边迟疑了一下，紧接着开始进攻了。

克拉格斯命令众人往后退。透过望远镜，只见食肉蚁一只接一只地叠起来，渐渐叠起了一堵高墙。然后上面的蚂蚁像跳伞那样，居高临下地往对岸跳，但大部分都跌落在水里。一到水里，很快被抽水机打上来的水冲到亚马逊河里去了。

面对大批蚂蚁的死亡，蚁群踌躇起来，它们停止了进攻，纷纷后撤到森林里。

克拉格斯和他的伙伴暗暗松了一口气，都说："这群魔鬼总算后退了！"

然而，不一会儿，撤到森林里的蚁群重新冲了过来。它们每只身上都背着一片树叶，到了排灌沟边上，纷纷把树叶抛进水里。瞬间，排灌沟里浮满了树叶，活像一只只小船。蚂蚁跳到树叶上，向这边飘过来。

人们大吃一惊，没料到它们竟然知道把树叶当做渡船使用。

载着蚂蚁的树叶越飘越近。克拉格斯和伙伴们赶紧把抽水机开到最大限度，强烈的水流把这些特殊的小船冲得四处打旋。尽管如此，蚁群还是毫不畏惧地冲上来……

一直到天黑，蚁群才暂时停止了进攻。

正在这时，一阵狂风把抽水机房的电线刮断了。场长克拉格斯刚想命令手下人去抢修，蚁群又蠢蠢欲动起来。

来不及检查了。由于水抽不上来，排水沟很快被排干。蚁群见有机可乘，顿时像决堤的洪水一样涌过来。

人们无可奈何，被迫后退。在后退过程中，他们把汽油倒进灌道，迅速点起了火。蚁群被凶猛的火势挡住了，暂时停止了进攻。

第二天一早，当人们醒来的时候，都惊呆了。他们被蚁群包围了，是隔着火沟被包围的，而且最要命的是居住区和作为退路的亚马逊河被隔断了。

被围在圈子里的人，情不自禁地想起了那只豹子被吃得只剩一堆白骨的惨相。有人抱头痛哭起来。

克拉格斯场长心里挺难受，可他相当沉着。他猛地想起应该打开通向亚马逊河的大水闸，采用淹没整个农场，从而淹死蚁群的方法。可控制大水闸的开关却设在火沟外大约400米远的地方，现在已处于蚁群的淫威之下。扳动水闸开关，意味着有死亡的可能。而要想保全一群人，非用这个办法不可！

克拉格斯决定自己去，大家纷纷劝阻他。他微微一笑，说："放心吧，我会想办法的！"说完，他在里面穿上紧身衣服，外面再穿上带有密封性质的橡胶服装，戴上头盔和手套，脚上一连穿了7双袜子，然后又穿上长统皮靴，最后再将身上所有衣服的开口通通扎紧。

人们把火墙用土压出了一个小缺口，克拉格斯场长像下山虎似的冲进去，在蚁群中左冲右突，大约400米的路程他只用了一分多钟。

然而，等他到达那里时，褐色的蚂蚁已经爬满了他全身。他喘着粗气，用力地把闸门打开了。

亚马逊河的水"呼啦"灌了过来。

克拉格斯一个急转身，又飞奔起来。猛然，他感到背后一阵刺心的疼痛。有蚂蚁钻进了他的衣服，在他的背上用力地噬咬着。可他不敢停下来，只好咬紧牙关，拼命地奔回原地。

大家七手八脚扒开他的衣服，发现背上被咬了一个大洞，一只蚂蚁正使劲地咬着他的身体。有人"嘎巴"一下捏死了这只蚂蚁。克拉格斯身上被它咬过的地方，还在"咝咝"地往外冒血……

很快，河水就将农场全部淹没了。滚滚的河水冲走了庄稼，也冲走了千百万只蚂蚁。一场惊心动魄的人蚁大战，以蚂蚁的全军覆没而结束了。

克拉格斯深深地嘘了口气，说："我们躲过了一场灾难。"

蒙培尔火山爆发

在加勒比海的马提尼克岛上，有一座叫圣皮埃尔的城市。

这座城市紧靠海湾，景色秀丽，气候宜人，一年四季都有世界各地的游人来这里旅游度假。城里城外修建了一座座豪华的别墅、旅馆，街道上商店林立，海边浴场众多。圣皮埃尔成了名副其实的游览城。城里的人口急剧增加，由原来的数千人，上升到2.5万人。

人们在圣皮埃尔城过着幸福宁静的生活，早把离城5英里的蒙培尔火山淡忘了。因为它已经熄灭了近百年，山上长满了茂密的树林，灌木杂草长得比人还要高。只有山顶，还残留着一道道火山爆发后的痕迹。谁能想到火山还会爆发呢？

然而，不幸的灾难却发生了。

1902年5月8日凌晨4时，圣皮埃尔城还在睡梦中，大街上静悄悄的，偶尔有一两辆马车从街上走过。

离城不远的茜西鲁比糖厂却热气腾腾，呈现一片繁忙的景象，150名工人正在加班生产蒂皮特糖。厂长要求天亮前送一批糖进城，赶上早市。赶马车的威培德帕拉着装满蒂皮特糖的大车驶出糖厂大门，突然发现一条巨大的火舌从蒙培尔山顶腾空而起，一团黑色的烟柱升上了半空。他觉得十分异常，叫来几个人向蒙培尔山张望。人群中不知谁惊叫起来："不好啦！火山爆发了！"

这一声惊叫，如同在厂里丢下一颗炸弹。工人们立刻跑出车间，纷纷夺路而逃。大量的火山灰随着黑色烟柱升高、扩散，片刻，屋顶和地上都落上了厚厚的一层。一连串震耳欲聋的"隆隆"声后，从山顶的火山口里，抛出大量赤热的熔岩和泥土，流进糖厂附近的河中，河水立刻沸腾起来。熔岩像凶猛的洪水似的，眨眼就填平了小河，吞没了糖厂，只剩下一个砖砌的烟囱斜立在熔岩中。工人们还没有跑出厂区，便消失在钢水般高温的熔岩中。

威培德帕在听到有人惊叫火山爆发时，立刻解开套马绳，跳上马拼命地往城里跑，他要赶快通知家人逃命。威培德帕虽然没有见过火山爆发，但他知道火山爆发的厉害。

没等威培德帕赶进城，城里的人已被惊天动地的巨响惊醒。当人们弄清是火山爆发时，全城人惊慌失措，涌出家门四处奔逃。海员特斯卡·罗穆罕一手拽着儿子，一手牵着妻子，随着人群奔跑了一阵，忽然想起往海上逃。

刚跑到海边，炽热的熔岩已经流淌了过来。熔岩和海水一接触，立刻发出"嗞嗞"的响声。海水如同沸腾了一般，"哗哗"地向后退去，一直退到离陆地500米远的地方。紧接着，大海掀起滔天巨浪，波涛汹涌地冲向海岸。顿时，将岸边无数条船掀翻、淹没。

罗穆罕一家人没有被熔岩吞没，却葬身于大海之中。

折腾了三小时，该是天亮的时候了，但天空仍是黑沉沉的。那不断升腾的火舌和闪光，不时划破漆黑的天空。城里的居民们惊恐万状，来回地奔跑、呼叫，不知向哪儿跑。忽然，天空出现一片光亮，人们看见了太阳。眨眼，太阳又被火山口喷发出的高达数百米的一团团石块、岩浆和泥土遮住了。

奔跑的人群中，10岁的卡罗与妈妈跑散了，他哭喊着："妈妈！妈妈！你在哪里？"

此刻，小卡罗的妈妈也在为寻找儿子，急得快要发疯了。慌乱中有人告诉他："你儿子往回跑了！"卡罗的妈妈拼命地朝家跑去，在自家门口，她找到了卡罗，拉着他就往外跑。

灼热的熔岩顺着陡峭的山坡向圣皮埃尔城方向涌来，为了躲避火山带来的灾难，人们在黑暗中拼命地朝城北跑。圣皮埃尔城北面有一座蒂洛凯冈山，只有爬上这座比圣皮埃尔城高的山，才会有活命的希望。在这大难当头的时刻，凡华德酒店老板达斯佩·克普拉几次跑出家门，又折了回来，他实在舍不得扔下酒店。这是他创下的家业，他把酒店看做自己的性命一样。

克普拉太太和三个孩子苦苦哀求他快走，可他就是不肯离开家门，只不住地在胸口画着十字，求上帝保佑他。

克普拉太太没有办法，只好带着孩子随着人流逃命去了。

熔岩的洪流涌进城内，它所经过的地方一切都被化为灰烬。凡华德酒店瞬间便化成一股浓烟消失了。克普拉和他的酒店一样，被滚烫的熔岩吞噬了。

蒙培尔火山喷了整整5个小时，成千上万的巨石如同暴雨一般袭击着圣皮埃尔城，城里的人有一半逃出，但至少还有近万人丧生。没有来得及逃走的人，不是被巨石砸死了，就是被熔岩熔化了。

死里逃生的人们，站在蒂洛凯冈山上，望着变成一片废墟的圣皮埃尔城，默默地流着泪水。小卡罗紧紧地偎在妈妈的怀里，浑身颤抖着。

麦克尔招灾

厄瓜多尔有个商人叫麦克尔，他除了喜欢经商外，最大的爱好就是搜集并豢养各种奇怪的动物。

麦克尔曾经养过狮子、老虎、狼、黑熊。由于他经常到世界各地去经商，外出时就把那些动物交给老仆人图西喂养。虽然图西是个唯命是从的老实人，但麦克尔的妻子菌蒂妮因为不喜欢那些凶猛的动物，便乘丈夫外出时，命令图西不给它们水喝。

麦克尔经商归来，他的动物总是已经死掉了。菌蒂妮却对丈夫说："看，这些动物，因为你外出了，想你都想死了。快想办法再搞点别的什么动物回来。你儿子奇亚库是十分喜欢动物的呀！"

麦克尔做生意虽然精明，可是听到妻子的巧言，却有点呆头呆脑了。他便问图西，是不是动物想主人想死了，图西说："夫人说的哪有不对的？"

麦克尔有一次到肯尼亚做生意，无意中在市场上发现有人卖巨蜥蜴，用大卡车拉着，每条蜥蜴都用一个铁笼子装着，共有20条。麦克尔看了很高兴，于是和卖主讨价还价后，一下子全买下来了，而且将这些巨蜥蜴漂洋过海运到厄瓜多尔。

麦克尔的船一到码头，他就给家里打电话说，搞到一批少见的动物回来了。他的妻子一听就发愁，但是在电话中只好说："太好了，太好了！我们家的后园里太冷清了，把它们搞回来吧！"

下午，巨蜥蜴就运到家了，菌蒂妮一见，心惊肉跳。这巨蜥蜴，形如壁虎，却有1米多长；身上青不青，紫不紫，是一种十分难看的颜色；四爪尖利，尾巴粗壮，眼睛一翻一翻的，可怕极了。

麦克尔在后院设下铁丝围栏，用大木盆舀了水放在围栏里。那些蜥蜴就争相喝水，打斗厮咬。

麦克尔哈哈大笑，叫仆人图西用自来水浇蜥蜴。那些蜥蜴吓得一条条都钻到沙土下去了，只露出尖尖的鼻孔在外面呼吸。

麦克尔又拿来许多牛肉，切成碎片，向围栏里扔。这一扔，那些巨蜥蜴便都从沙土中爬出来，"咕吱咕吱"争吃牛肉。麦克尔又哈哈大笑。

麦克尔家买了巨蜥蜴的消息很快传开了，左邻右舍都来观看。有的说："这真好，就是吃肉太多。"

有的说："养这东西恐怕要小心，它会不会咬人？"

麦克尔见邻居们都来欣赏，心里很高兴，又把一块十多公斤重的牛腿扔进了围栏。那些蜥蜴一哄而上，争着撕扯、咬嚼起来。

过了几天，麦克尔又要外出经商了，就对老仆人图西说："这次给我好好喂养，我回来会给你带一件值钱的礼品的。这些巨蜥蜴，是我夫人很喜欢的动物呢！"

图西心想，夫人根本就不喜欢这些家伙，她是一定会让自己把它们活活渴死的。但当着主人的面，只好恭敬地答道："是的，老爷，我一定精心喂养。"

第二天，麦克尔就启程前往欧洲。茜蒂妮见丈夫一走，便对图西说："这些可恨的蜥蜴，饿死它们，渴死它们！"

图西恭敬地说："是，太太，我会把它们饿死、渴死的。"

一连几天，图西不给蜥蜴水喝，也不给东西吃。只有麦克尔的儿子奇亚库，有时扔一点吃剩的鱼头什么的给它吃。

一天早上，奇亚库打开后院的大门，要去看看蜥蜴。他忽然发现蜥蜴把围栏拱开一个大口子，都跑了出来。

一条巨大的蜥蜴趴在门口，见到奇亚库便猛地扑上来，张开大嘴，一口咬住他。

"妈妈，妈妈！快救……"没等奇亚库叫完，又扑上来两条巨蜥蜴，一下子将奇亚库撕碎吃了。

茜蒂妮一点儿没听到儿子的喊叫声，她正在对图西说："再过几天，麦克尔就要回来了，这些该死的蜥蜴一个也没死。今天，你想想办法，把它们害死。"

"是，太太，我去买点毒药，毒死它们。"图西说。

茜蒂妮听了，说："这个办法好，麦克尔回来后，就说它们想主人想死了。"

图西点点头："好，我听太太的。"说完转身进厨房煮咖啡了。

茵蒂妮坐在椅子上，毫无防备。这时，七八条巨蜥蜴爬进了屋里。一条蜥蜴爬到她身边，一口咬住了她的左腿。茵蒂妮吓得惨叫起来："图西，快救救我！"

图西走出厨房，被眼前的情景吓傻了，他不知道怎样救茵蒂妮，只是一个劲地对蜥蜴说："放下太太，放下太太。"

饿极的巨蜥蜴扑向茵蒂妮，争先恐后地撕扯她。没有抢上的，就立刻转身扑向图西。

不一会儿，他俩就被蜥蜴吞噬了。

这天清晨，麦克尔从欧洲乘飞机回国了，他还特地给仆人图西买了一只水晶烟斗。他驱车回到家，刚打开门，就有五条巨蜥蜴向他扑来。

麦克尔吓得连忙后退，大喊大叫。叫声惊动了邻居，来了40多人，才把巨蜥蜴全都打死了。

这时，他才发现妻子、儿子和仆人图西，早被巨蜥蜴吃掉，只剩下了几滩血迹，几点骨渣。

火山毒气

哥伦比亚有一座火山，叫普拉塞火山。山顶平而凹，仿佛什么巨人把山头一斧砍去了。

普拉塞火山脚下有一个小村庄，村庄里有近百户人家，300多村民，他们以放牧和耕作为生。

村头住着一个孤老头，人们都叫他阿卡斯大伯。阿卡斯性格比较孤僻，与人交往不多，平时也很少说话。

一天清晨，阿卡斯看见火山口冒出一缕缕白色水汽，他赶忙走到村口对正要下地干活的人们说："火山活动了，冒水汽了！"

村民们听了都笑了起来，有人对他说："阿卡斯大伯，冒气算什么？你老了，什么都不懂，普拉塞火山哪天不冒点气？人还要呼吸呢，鼻孔里冒气，也算一回事？火山既然是活的，就也和人一样，会呼吸。不过，它的鼻孔是长在头顶上罢了。"

有三个年轻人说："冒气就冒气，我们正想去看看呢！"

年轻人说去就去，下午，他们果然离开了村子，向火山坡爬去。

火山上没有什么树木，只有少量的杂草。他们一鼓作气，一直爬到山顶，并排站在火山口的边缘，向下望去。只见火山口像个很大很大的锅，里面一团一团地向上冒白气。一阵风吹来，白色四散，飘向空中。

一个年轻人说："真好玩，要是在这里做饭，根本不用生炉子了。"

另一个年轻人接着说："要是在这里做一锅饭，也许够全村子的人吃几年。"

"算了吧，不如把它当个大痰盂。"站在最边上的年轻人一边说，一边向火山口吐了一口唾沫。其他人也向火山口里各吐了几口。然后，他们说说笑笑地下山了。

走到村头，一个年轻人对同伴说："我们去告诉阿卡斯大伯，就说我们向火山口里吐了许多唾沫。"他们找到阿卡斯。阿卡斯是个迷信鬼神的人，听他们说了以后，失声叫道："不得了，你们闯下大祸了，火山神妖会展开翅膀扑下来的，它会让全村的人都遭受灾难！"

小伙子们听了哈哈大笑，嘲笑阿卡斯是个迷信无知的老头。

过了几天，火山口又升起了一缕缕黄色的气，飘飘悠悠，一直升到青云里。

阿卡斯见了，又一家一家地去报告，说："火山活动了，冒黄气了，弄不好它就要喷火呀！"

这里的老百姓看惯了火山冒气，于是，许多人笑着对阿卡斯说："大伯，你放心吧，火山经常冒气，不会喷火的。"

村民们谁也不把他的话放在心上，照样地放牛，放羊，下地耕种。

阿卡斯很着急，用一根长长的树杆做了一面旗帜。那旗帜的顶端挂着一束棕，棕下是一条旧布。

他高举着一杆破旗，赶着自己的20多只羊，一边走一边喊："各位乡亲，各位乡亲，火山冒黄气了，它要喷火了。相信我的，就随我向南走，快快快！"

阿卡斯独自喊着，赶着羊出了村，朝南走去。人们都感到好笑，没有一个跟他走。他一直走到七英里外的乌尼沃湖边，把他的旗帜插在水草中，看着自己的羊群。

三天过去了，火山并没有爆发。第四天，那三个年轻人专门赶到湖边，找到阿卡斯，把他狠狠奚落了一顿。

阿卡斯气得胡子一翘一翘，说："小兄弟们，还是早点躲开好。"

"怕死的老家伙，我们比你小几十岁，还不怕死，你怕什么？"一个年轻人毫不客气地说。

阿卡斯无言以对，只好拿出几个木薯饼来招待他们。他张张嘴，还想说什么，被几个小伙子止住了。

其中一个人说："阿卡斯大伯回去吧，你一个人住在湖边，多孤单可怜呀，我们也不放心。往后，不要疑神疑鬼了，以免搅得大家不安宁。"

阿卡斯果然跟着他们回到了村里。可是，背地里有人说他是个老疯子。

十多天后的一个中午，阿卡斯看见火山冒青色的气了，便又扛着他那树杆和破布做的旗帜四处去喊："火山神妖睁眼了，它就要展翅飞出来了。乡邻们，快点逃命哪！"

不少人听了，说阿卡斯老头又犯疯病了。他在村里喊了一圈后，还真有些效果，因为一些相信有火山神妖的人，认为阿卡斯说得有道理。

于是，便有几家以及一些老人、妇女，共有几十人，随着他搬到乌尼沃湖边。但是，大部分人家，特别是村上的年轻人，根本不相信阿卡斯的话，照旧在村里生活。

这天夜里，火山果然从顶部发出吓人的红光，大地也在微微地颤动，躲在乌尼沃湖边的人们都很害怕。奇怪的是，直到天亮火山也没有喷发。

大家在乌尼沃湖边住了一个月，一场大风大雨之后，人们才渐渐地回去了。一回到村中，大家傻了眼，只见留下的人全已死光，羊、牛，还有鸡、鸭、鹅也全死了。那些人、畜，全被火山毒气毒死了。

哈利法克斯大爆炸

1917年12月6日的哈利法克斯大爆炸是原子弹出现以前人类历史上最严重、最悲惨的一次爆炸事件。这个日子直到现在，还作为一个巨大灾难的标记留在加拿大人的记忆中。

那天早晨，湛蓝的天空上没有一丝云，然而天气十分寒冷，海面上阵阵寒风像刀一样刺人。一艘叫"勃朗峰号"的法国货船在船长勒·迈德克的指挥下，向加拿大哈利法克斯驶来。

"勃朗峰号"货船在加拿大引航员麦凯熟练的引导下，向右行驶。海面上能见度很好，麦凯信心十足地认为"勃朗峰号"能平安地到达哈利法克斯城的港口。

"勃朗峰号"上装的不是普通的货物，而是易燃、易爆的军用物资。船上装有2 300吨液态和固态的三硝基苯酚、2000吨梯恩梯、35吨苯和10吨火药棉。

在"勃朗峰号"驶进港口的同时，一艘叫"伊莫号"的货轮正向港外驶出。没多久，在海峡转弯处两船相遇了。此时，两船相距有0.75海里。不可思议的是"伊莫号"也向右岸行驶，于是，两艘船在迅速地靠近。

引航员麦凯一看，觉得情况不好。他立刻引导"勃朗峰号"离开右岸，向左开去，以避免两船相撞。

这时，两艘货船的右舷相距只有10米左右，形成平行状态。麦凯喘了口气。看来，碰撞的危险可以避免了。突然，"伊莫号"鸣笛倒车，"勃朗峰号"于是也跟着鸣笛倒车。"伊莫号"全速后倒，船头迅速向右转，正对着"勃朗峰号"的船舷。

"左转舵，向左行驶！"船长勒·迈德克向"勃朗峰号"发出紧急命令，他想让自己的货船让开"伊莫号"。

但是，一切都来不及了。"伊莫号"猛地冲了上来，一头撞上了"勃朗峰号"的右舷前舱部位。

"轰隆隆——"两船相撞了！

"勃朗峰号"上的苯立即燃烧起来。甲板上顿时浓烟滚滚，火舌乱窜。水手们拿出灭火器拼命地对烈焰扑射。然而，根本无济于事，火焰照样四处蔓延。勒·迈德克船长只好命令大家撤离"勃朗峰号"。

水手们扔下灭火器，发狂似的跳入大海，拼命地向岸边游去。勒·迈德克和麦凯只因迟跳一步，被第二次爆炸炸得尸骨全无。被遗弃的"勃朗峰号"带着冲天的浓烟，随着涨潮的海水向码头漂去。

不知灾难将要降临的人们成群结队赶到岸边围观。这时，一艘快艇驶向"勃朗峰号"，准备用拖轮将它拉向港外。

可怕的事终于发生了。上午9时6分，"勃朗峰号"再次发生了大爆炸，船被炸得粉身碎骨。哈利法克斯上空腾起一股巨大的黑色蘑菇状烟云。爆炸产生的冲击波将海岸边的所有砖石建筑和木质建筑从地面铲除。500米外的房屋屋顶被掀去，大树被连根拔起，桥梁被毁，水塔和工厂的烟囱全部倒塌。而那些站在岸边围观的人们，被冲击波冲到了九霄云外。

损失最惨重的是哈利法克斯北部的里奇蒙特，那是城市的山坡地区。一座新建的孤儿院，眨眼间墙倒屋塌，130名孤儿和30名保教人员全部被埋葬在废墟里，无一生还。

里奇蒙特三所学校被毁，500名学生中仅有11人幸存。除了工厂和仓库等大建筑外，爆炸还完全毁坏了住宅1 600幢，严重损坏12 000幢，死伤人数达500多。

停泊在港湾中的船只中有12艘军用和民用船只被炸沉，数十艘受到严重损坏。一艘新造的巨轮被抛到海峡的另一边，半沉在水中。

爆炸前两分钟，排水量11 000吨的巡洋舰刚进入港口，就被冲击波抛到了岸上，最后跌落到离海边30米远的一幢厂房的顶上。

冲击波在海峡中掀起5米高的巨浪，折断了几十艘船只的主锚和副锚。"伊莫号"的前甲板和烟筒被毁坏，桅杆被折弯，整个货轮随即被抛上了岸。船长福罗姆和10名水手丧生，几十名船员受伤。

港湾两岸横七竖八地堆满了被抛上岸的驳船、小帆船、汽艇等各种船只。城市的各条街道都堆满了瓦砾和各种碎片，蛛网般散落地面的电线在冒烟燃烧，全城处在火的海洋中。

巨大的灾难把全城的居民吓坏了。一时谣言四起，有的说德国人登陆了，有的说大批的德国飞艇来了，投下了无数炸弹。恐怖笼罩着整个城市。这次大爆炸中，哈利法克斯全城共死1973人，伤约9000人，有2000人失踪，500人由于玻璃碎片飞溅而失明，25000人无家可归。

雪　崩

1972年12月14日，一辆军用卡车驶出加拿大斯巴特斯卡军营。车厢里42名年轻的士兵，正在听中尉科拉贝尔训话。

"我们这次是去图特里沃换防，要在那儿驻防三个月，你们能不能坚持下来？"

"能！"车厢里响起士兵们清脆的回答声。

一个黄头发蓝眼睛的士兵站了起来，对科拉贝尔说："中尉，别说三个月，就是再加三个月，我们也能坚持下来。"

科拉贝尔高兴地说："好样的，特巴多巴，带领大家唱个歌吧。到了基兹卢雪山区就不能唱了。"

"为什么？"几个士兵惊奇地望着中尉。

科拉贝尔中尉望着大家，严肃地说："声音大了，会把雪山震崩。"

士兵们听了哈哈大笑起来，没有谁相信。中尉见士兵们不信，便说起他曾亲身经历的一件事。

三年前，科拉贝尔还是个小上士。一次，他带领10名士兵行军来到基兹卢雪山区主峰卡曼达科脚下。有一个士兵望着耸立的雪峰大叫起来："看呀！好雄伟的雪山啊！"他叫过没多久，陡坡上的积雪松动了，忽然塌了下来。幸亏他们跑得快，才没有被积雪埋住。

士兵们有的相信，有的摇头，七嘴八舌地议论开了。卡车忽然颠了一下，科拉贝尔伸头朝外看看，告诉大家开始进入基兹卢雪山区了。

基兹卢雪山区全长160公里，大大小小18座雪峰。远远望去，连绵不断，那长年积雪的山峰形状各异，特别是主峰卡曼达科像一个巨人耸立在群山之中。

一条土公路从一座座雪峰下经过。士兵们都伸出脑袋，争先恐后地抢着看车外连绵的雪山。

　　卡车在坎坷不平的土公路上颠簸行驶。忽然，车身一阵剧烈的摆动，将士兵们晃得东倒西歪。大家正在不停地埋怨，"咯吱"一声，卡车猛地停下了，士兵们一下倾斜到了一边。

　　"怎么回事？"科拉贝尔中尉一惊，"特巴多巴，下去看看。"

　　特巴多巴跳下车，看到卡车左侧的轮子悬在路下，他吓出一身冷汗，喊道："天哪，太危险了！"

　　这时，司机兹曼卡也跳出驾驶室，他骂道："这个鬼路，太滑！"

　　大家都跳下车。科拉贝尔绕着卡车看了一圈，然后说："现在只有一个办法，大家一块儿来推。"

　　"好，我上去发动，你们在后面推。"兹曼卡一边说，一边跳进驾驶室。

　　士兵们多数拥到车后，少数在车的右侧拽。

　　"听我的口令，大家一起使劲！一——二——三！"科拉贝尔大叫着。

　　士兵们大声喊叫着，拼足力气猛推起来。连推三次，车子一动也不动。大家累得满头是汗，有人开始丧失信心了。

　　科拉贝尔只好让大家休息一会再接着干。这时，特巴多巴走到路的对面正想坐下喘口气，忽听一阵"沙沙"的响声。他抬头看去，惊叫起来："不好啦，雪往下滑了！"

　　科拉贝尔中尉抬头一看，"不好！雪崩，快跑！"他的话音没落，陡坡上的积雪顺着山坡铺天盖地倾泻下来。

　　特巴多巴撒开腿，跑在最前头。没跑出十步远，只听"轰隆隆"一阵巨响，几百万吨的积雪以迅雷不及掩耳之势盖了下来，眨眼间就把科拉贝尔中尉、42名士兵和汽车全部覆盖了。

　　不知过了多久，特巴多巴从昏迷中清醒过来。他发现自己趴卧在雪下，脑袋一阵阵地疼。迷迷糊糊地过了好一阵，他才记起是怎样被埋在积雪下的。特巴多巴想起了中尉，他张嘴刚要喊，雪粉涌进嘴里。他伸手向外扒，四周一片洁白，令他眼睛发花，难以睁开。

　　"我不能死在这里，我要出去。"特巴多巴鼓励自己，开始扒雪。他不知道能不能出去，但他不想死，他想起了母亲和妹妹。她们靠他养活，如果他就这样死了，谁来养活她们。

特巴多巴像蚯蚓一样，在雪底下拼命地扒着积雪，扒一点向前蠕动一点。他明白只要不停地往前扒，就有希望爬出去。

记不清过了多长时间，也不知现在是白天还是黑夜。特巴多巴的手冻僵了，他朝手上哈哈气，又使劲地搓一阵。他忍着疼痛，扒呀扒呀。好在积雪比较松散，这坚定了他的信念。

渐渐地，一丝亮光出现在特巴多巴的前面。他鼓起劲，拼命地扒个不停。终于，他爬出了积雪，"呼"的一下站了起来。此时，一轮鲜红的太阳刚刚从东方升起，特巴多巴还不知道他在积雪里已经经历了21个小时。

特巴多巴两腿发软，一屁股瘫坐在地上。他四下看看，不见一个人影，只有倾泻下来的雪山横在他的面前。他再也坐不住了，吃力地向来路走去，他要去报告，请求营救。

当特巴多巴请来营救人员，已是傍晚时分。营救工作进行了5个小时。人们从积雪中扒出了中尉和他的士兵们。但是，他们早已气绝身亡。

遇难者的尸体整齐地排列在公路上，特巴多巴泪流满面地跪在地上，久久不肯起来。

"德雷福号"沉没

  1976年8月15日，加拿大5 000吨的轮船"德雷福号"在大西洋被海浪吞没，这个庞然大物一下子沉进了2 000米深的海底。这场灾难带来的损失不仅是船上的货物，还有48条人命。

  水手长卡佩克是15分钟前洗完澡的，他穿着衬衣在舱房同船员们聊天。突然船身一晃，主机熄火了。他正诧异，一个浪头从右舷扑来，船身迅速倾倒。他大叫一声："不好！"便飞也似的往甲板上跑。

  船上乱成一团，哭叫声、呼救声、金属的撞击声响成一片，船上的灯火全灭了。"轰隆"一声巨响，"德雷福号"沉下了大海。卡佩克跳上救生筏，面对着咆哮着的、漆黑的大海，捶胸顿足，"呜呜"地哭了起来。

  "水手长！"有人在叫他。他这才发现救生筏里只剩下5个人，二副皮埃尔、机匠麦克隆、副水手长博尔特及水手米西尼。

  "麦克隆，你说，主机怎么会突然熄火？"博尔特大声问机匠，只有他知道机舱情况。

  麦克隆耸耸肩，两手一摊："不知道！"

  "别争了！"二副打断了他们，"想想办法如何渡过难关吧。"

  他们开始清点救生筏里的用品，一袋约一公斤的淡水，一点压缩饼干，八支救生火箭。这点食物供养五条汉子实在不可思议。经过讨论，决定每人每天两口水，两块小饼干。这样算来，饼干可以维持八天，淡水顶多够用两天。在酷热的大洋上，没有淡水是无法生存的。

  海风推动着救生筏，随波逐流，漂了两天。淡水已经用完，他们个个口干舌焦，嗓子冒烟；没有水，饼干一点也吞不下去。

  水天相连处，出现一艘轮船，几个人满怀希望地盯着它。可惜离得太远，二副皮埃尔一挥手："放火箭！"

  "轰轰轰……"火箭拖着耀眼的焰火飞向空中。连放四支，那条船毫无反应，愈来愈远，最后消失得无影无踪。他们失望地躺下了。卡佩克渴得难以招架，用手蘸了点海水放到嘴里，又苦又涩。他明白，喝下海水只会加速死亡。这时，他忽然想起了小便，忙朝小罐里解了一点点，真难喝！为了活下去，他屏住气，猛地往嘴里一倒，这下好过多了。"我喝小便了，小便能解渴！"他举起小罐，兴奋地大叫，"谁解小便？快拿着！"

皮埃尔接过来，解了几滴，喝了一口，"哇"地吐了，说："死也不能喝！"

其他人有的喝，有的不愿喝。

一直坚持到第六天。烈日高照，万里无云。几个人的嘴唇全干得出血，身上长满脓疮，发出阵阵腥臭。

副水手长博尔特神志不清，说起胡话。大家急忙安慰他。突然，他胳膊一耷，再也没有声息了。

"博尔特！博尔特！"呼叫声在大海上回荡。

他们含着热泪把副水手长的尸体放进大海，一群鲨鱼蹿上来撕咬争夺，那惨景惨不忍睹。

轮到二副了，他也开始说胡话。卡佩克扯着他的手："皮埃尔，挺住！"二副有气无力："我……要回家……家……"说完，慢慢闭上了眼。

机匠麦克隆早已不能动弹，埋葬二副的任务落在卡佩克和水手米西尼身上。他俩费了九牛二虎之力将二副的尸体移到筏边，轻轻放入大海。眨眼间，尸体不见了。只见一群鲨鱼翻腾的身影，没有争到的，用头把皮筏撞得"砰砰"地响。

又一夜过来，麦克隆的身体已经僵硬。只剩下卡佩克和米西尼了。

"轰隆隆……"一阵沉闷的雷声在头上滚动。要下雨了！一股力量推动着他们同时坐起，探出头，张大嘴。雨"哗哗"地下，那清凉的甘霖滋润着他身上的每个细胞。上帝呀，这雨要是早下三天，大家就都能活下来了。

他俩把所有能盛水的器具都装得满满的。

饥饿又成了突出问题。剩下的饼干每人每天半块，只能维持5天。

饼干全部吃完了。头晕眼花，四肢无力，哪能找到吃的呢？"哗！"

一条小飞鱼被海浪送了进来。两人一怔，马上像猫捉老鼠一样扑上去，三口两口，连鱼皮、鱼骨也吃了个精光。又熬了几天，他们已饿得不能动弹了。一段10厘米长的牛皮带被吞食了，一只木塞子也被一口口地啃碎咽下肚子。

一只黑色的海鸟在筏边歇脚。卡佩克的心怦然一动，慢慢伸出手，一把抓住鸟腿，两人把鸟扯开，一人一半，连毛带血生吞下去。整个救生筏里弥漫着刺鼻的血腥味。

隔天，米西尼在昏迷中竟抱着卡佩克说想把他吃掉，米西尼饿极了。

鲨鱼似乎知道他们濒临绝境，一直尾随在后，凶猛地撞着筏子。

难道就这样离开这个世界，永远埋葬在海底？卡佩克望着苍茫的大海，昏迷了。

"嘟！嘟！"一阵嘹亮的汽笛声传进了他的耳朵，接着有人在大声问："喂，里面有人吗？"

以为是梦，咬咬嘴唇，生疼，不是梦！卡佩克艰难地睁开眼，只见一艘银灰色的巨轮像墙似的堵在面前，船尾挂着美国国旗。

卡佩克举臂呼喊："是我们……"一句话没说完，又倒了下去。

当时是9月9日，他们在大西洋上搏斗了24天，漂了1000多海里。

遇难船的奇遇

1829年10月16日清晨，英国的"美人鱼号"快速帆船在船长萨米埃洛·罗诺布朗的指挥下，静静地驶离澳大利亚悉尼港。船上共有18名水手和3名乘客。

在驶离悉尼港的第四天，罗诺布朗船长将舵盘交给了一等航海士，自己来到下面的船舱休息。当时，气压表没有任何变化，天气晴朗，看上去这是个绝好的航海日。一些水手斜靠在甲板的栏杆上打瞌睡。

到了下午2时左右，船长注意到船的运行速度逐渐变缓，便登上甲板观望。此时，深灰色的云掠过天空，海面上显得格外平静。"天气有点怪呀！"船长自言自语道。他看了一眼气压表后，立即飞快地跑进驾驶舱，一把抢过舵盘，大声喊道："暴风雨就要来了，大家赶快做好准备！"

夜幕降临时，风平浪静的大海一反常态，一阵阵猛烈的旋风激起了层层巨浪。糟糕的是，帆船此刻正好驶进弯曲狭窄的托里斯海峡。这里航道狭窄，波涛汹涌，暗礁险滩密布，过去不知吞没过多少船只，夺走了多少人的生命。

"喂！大家一定要挺住！"船长在狂风中一面不断地给船员鼓劲，一面牢牢地握住舵盘。突然，一个排山倒海的巨浪将"美人鱼号"帆船抛上了暗礁。船体破裂，水手和乘客被抛进了漆黑的大海之中。

幸运的是，距出事地点100米处一块突出海面的岩石挽救了落水的人们。22个人紧紧地抱住岩石，等待着救援。

"无论如何，大家都不要放手！"船长罗诺布朗不断地提醒大家。

落难的人们在冰凉的海水中整整浸泡了三天之后，被途经此地的小帆船"福特修亚号"发现并全部救起。随后的两天，落难者跟随这条船向前航行，一路平安无事。

可是在第三天的早晨，"福特修亚号"在没有任何征兆的情况下被卷进了连航海图中都未标明的逆流之中，船被推向礁石密布的海域，冲上了浅滩。不过，此时"美人鱼号"和"福特修亚号"的船员共计32人都已游上了附近海岸的安全地带。

　　他们上岸不到三小时，被三桅快速帆船"巴纳尔利迪号"发现并救了起来。三艘船共64名乘员，是"巴纳尔利迪号"原有乘员的两倍。

　　"尽管遭了难，但大家都平安无事，恐怕再也不会发生什么意外了吧！"一位船员带有调侃的话语，引起了人们一阵无可奈何的笑声。

　　谁知，他的话音刚落，就突然听到有人在叫："着火啦！快来灭火呀！"顿时，只见装载着许多木材的船火光冲天。许多人才被救起约三小时，还未来得及填饱肚子、烘干被浸湿的衣服，便又被匆匆忙忙地转移到救生艇上。

　　这次出事的地点远离定期航线数百里，获救的希望非常渺茫。但是，没过多久，一艘叫"彗星号"的快艇驶过这里，救起了落难的人们。

　　"彗星号"上的船员听了他们讲述的可怕经历之后，深感恐惧。一些船员认为，可能是死神附在了"美人鱼号"船员的身上，与他们结伴而行，说不定自己也在劫难逃。

　　不久，人们担心的事情果然发生了，强劲的台风掀翻了"彗星号"。船上的人连救生艇都还未来得及放下，便被抛进了大海。

　　他们纷纷抓住破船散落的帆柱、碎木片等，随着翻滚的海浪漂浮在一望无际的海面上。一些大鲨鱼就在他们周围令人恐怖地游弋着。大家心里都在默念："这已经是第四次遇险了，恐怕再也没有什么希望了。"

　　但是，他们再一次奇迹般地获得了解救。

　　在"彗星号"遇险后的第18小时，一艘名为"丘比特号"的邮船将他们救出了这个死亡之海。

　　尔后，"美人鱼号"、"福特修亚号"、"巴纳尔利迪号"、"彗星号"的船长分别清点了各自船上的人数，结果全体平安，竟无一人伤亡。

　　就在人们暗自庆幸之际，从"丘比特号"邮船的底舱传来一阵"咔嚓咔嚓"的可怕声响。原来，这艘船撞上了暗礁，船底裂开了一个很大的窟窿。

　　5名船长和132名乘员赶紧下船，紧贴在滑溜的礁石上面，等待着其他船只前来救援。对于"美人鱼号"快速帆船的船员来说，这已经是第五次遇险了。

　　"唉，看样子我们可能真是死神附体啦！"

　　他们并没有就此完蛋。一艘载有100多名乘客，驶往澳大利亚的英国快速帆船"希瑞号"发现并救起了他们。

　　一路上，他们提心吊胆，生怕又遇上什么不测。最后，"希瑞号"安全抵达了目的地。直到这时，历经磨难的人们才舒了一口气。

电车冲进大商场

1990年4月的一个星期天，奥地利首都维也纳热闹非凡。

一大早，12岁的塞克西就随妈妈出了门。妈妈今天想买一件连衣裙，还要给塞克西买一双登山鞋。下个星期学校要举行登山比赛，塞克西到现在还没有一双像样的登山鞋呢。

母子俩进进出出看了五六家商场，都没有中意的。塞克西累了，不想走。妈妈对他说："咱们去西默林格大街的格卡得亚商场看看，那里肯定能买到你喜欢的登山鞋。"

塞克西嘴撅得老高，嘀咕了两句："那儿太远，我走不动了。"

妈妈摸着他的头，说："傻孩子，咱们坐车去，好吗？"

塞克西点点头，和妈妈一块乘上了71路有轨电车。第一节车厢里人太多，挤得塞克西喘不过气来，他拽着妈妈的手，走进后面的第二节车厢。最后面还有两个空位，他和妈妈坐了下来。

塞克西坐在靠窗口的座位上，他将脸紧贴着玻璃朝外面张望。车子开得真快，外面的人群、楼房从他眼前一闪而过。他真怕车子会开翻了，紧张得使劲抓住扶手。他还告诉妈妈要扶好，当心车子翻跟头。妈妈笑笑，说他太胆小。

一会儿，车子驶进了西默林格大街，速度没有减慢，反而加快了。前面就是两路有轨电车轨道交叉路口，过了那个交叉口就是最大的格卡得亚商场。塞克西扭过脸，说："妈妈，马上就到了。"

塞克西话音刚落，电车已行驶到交叉路口上，他还没有扭回头，只听"咯吱"一声响，不知什么原因，电车来了个急刹车，许多乘客猝不及防，像足球似的翻滚起来。车厢里的碰撞声、惨叫声，顿时响成一片。

当人们还在车厢里翻滚、惨叫时，第二节车厢"轰隆"一下，撞上了第一节车厢，两节车厢猛然分开了。第一节车厢朝前开走了，第二节车厢却驶离了轨道。

"不好了，车厢出轨了！"

"出事了！出事了！"

大街两旁的人们看到第二节车厢脱离了轨道，惊恐地大叫起来。

第二节车厢像脱缰的野马，凭着一股惯力凶猛地朝路边冲去。路旁是一家挨着一家的大商场，商场里人头攒动，谁也不知道外面发生的事情。

车厢里的乘客们都惊慌起来，有的失声大叫，有的害怕得捂上双眼。塞克西的妈妈也顾不上自己额头上的疼痛，一把将塞克西搂在怀里，用整个身子护住他。

"轰隆隆……"一阵巨响，车厢冲进路边一家食品商场，橱窗撞得粉碎，柜台压得稀烂。这个庞然大物闯了进来，把购物的顾客们吓得魂飞魄散。许多人还没有明白怎么回事，就被车厢撞倒，碾进车底。

商场里像丢进了一颗炸弹，购物的人们惊慌失措，不知往哪儿躲。柜台里、货架上的东西被撞得四处横飞，顿时乱作一团。这时，刚巧从二楼下来的商场经理站在楼梯口一下子被吓蒙了，一时不知如何是好，竟然失声喊道："开出去，把车子开出去！"

无人驾驶的车厢哪会听他的，仍然缓缓地往前滑动，一直驶到商场中心，被一根大柱子挡住，才停了下来。

过了好一会儿，车厢里的乘客才缓过神。他们东张西望，小心翼翼地把头伸到窗外，这才觉得车厢确实停下了，大家悬起的心慢慢地放了下来。塞克西和妈妈还紧紧地缩成一团，直到听见有人在喊："没事了，车厢停住了！"母子俩才松开，深深地嘘了口气。

车厢里51名乘客无一死亡，只是不少人受了一些伤。

悲惨的却是商场里购物的顾客，有11人当场丧生在车轮下，地上一片血迹，惨不忍睹。

还有15名顾客和7名服务小姐受伤，他们有的是被车厢撞伤，有的是被东西砸伤。23岁的服务小姐拉卡妮被柜台上的玻璃刺进肚子，在送往医院的路上断气了。

眼前的一切把车厢里的乘客吓得目瞪口呆，他们做梦也没想到车厢会开进大商场，造成这么多人伤亡，都害怕得不敢下车。

塞克西脸色苍白，紧紧地偎在妈妈的怀里，发出颤抖的声音："妈妈，我们怎么办？"妈妈轻声地告诉他："不用害怕，警察很快会来调查的。"

　　半小时后，维也纳警察局出动的50名警察赶到了现场。警察一边抢救受伤的人，一边把车厢里受惊的乘客一个个扶下车。一个大胡子警察抱起塞克西，问道："孩子，害怕吗？"塞克西点点头："害怕极了！"

　　对闯进商场里的车厢，警察们无能为力。直到警察局调来大拖车，才把车厢拖出商场。

飓 风

1938年9月21日上午，美国纽约长岛的西安普敦，天气阴沉，微风轻拂，海水拍打着海滩，发出"哗哗"的响声。

一会儿，天空中飞快地滚过一团团高卷云。似乎没有人注意到气压在下降，更没有人想到，一股强飓风正从大西洋上空呼啸而来。

那时，预测海洋风暴，只能根据来自海上船只的报告。9月16日，巴西货船"亚莱格里特号"曾经向气象局报告：旋转的涡流已形成飓风，到达里科港以东1 000英里处。

9月19日，飓风开始向北转移，沿佛罗里达州和佐治亚州海岸线平行而上。当飓风接近卡罗来纳以外北纬35°时，美国气象局估计飓风会按常规行动，即来自西方的盛行风将使风暴转向东北方向。

然而，出乎气象局的估计。21日，飓风却以150英里的时速扑向美国东海岸。

最可怕的是风暴潮，它是由飓风眼内强大的低压气流把海面向空中提起，强风又把海水堆积起来而形成的。

风暴潮袭击长岛西安普敦海滩时，激起了20英尺高的水导流罩，顶上是10英尺高的破碎波。

海浪铺天盖地卷来时，西安普敦的警察斯坦利·特勒想让临海房子里的居民撤离出去。

"居民们，赶快撤离，这儿有危险！"

人们从房子里跑出，慌乱地向四处逃散。特勒看见一个妇女站在门口，迟迟不肯逃走。他冲着她大吼："不要命啦！还不赶快跑！"

那个妇女哭着说："孩子，我的孩子还在屋里。"

特勒一个箭步冲进去，抱起两个未满周岁的孩子，向停在不远处的警车跑去。一阵汹涌的海浪袭来，将他抛到30英尺高的电线杆上。两个孩子被大浪冲散了，那名妇女也不知被卷到哪里去了。

霎时，那所房子也被海浪冲走了。特勒在水中挣扎着。

忽然，他看见一个移动的屋顶向他漂来，屋顶上站着好几个人。

这时，屋顶上的警察罗宾逊发现了水中的特勒。他伸过来一根棍子，让特勒抓住。

特勒得救了。两名警察和17个被吓坏了的幸存者手挽手，蜷缩在屋顶上。

屋子随着海浪东倒西歪地飘向海湾，五小时后竟被冲到大陆一侧夸格村中心的场地上。

风暴过后，在长岛西边的法尔岛上，房屋荡然无存，只有几棵大树东倒西歪地躺在地上。整个岛上连一个人影也见不到。

康涅狄格州的新伦敦港口，所有停泊的船只，全部被卷得无影无踪。就在风暴袭来时，上百吨的货船"凯特斯基号"正准备进港靠岸。

巨浪一会儿把"凯特斯基号"抛上浪尖，一会儿把它摔进浪谷，船员们根本站不住脚，只有紧紧地扒住甲板。

在这千钧一发之际，船长莱库普命令舵手："调转船头，迎着风浪向前开！""船长，那样会船毁人亡的。""我是船长，听我的！"莱库普推开舵手，自己开船掌舵。船头调转了过来，顶着风浪向前驶去。直到第二天风平浪静时，"凯特斯基号"才安全靠岸，船员没有一个伤亡。

风暴潮冲入新伦敦港，城里洪水泛滥，致使电线短路，引起了火灾。慌乱的人们，有的被洪水卷走、淹死，有的葬身火海。

在威卡波，急流把一家小饭馆卷离地面。红十字会的高级救生员亨利·莫里斯听到饭馆里的叫喊声，立即找来一根绳子，一头系在自己的腰上，另一头让妻子卡兹拴在高坡的大树上。

卡兹直摇头，说："莫里斯，你不能去，太危险，你会送掉性命的！"

"我是救生员，难道见死不救吗？"莫里斯说完跳进急流，向漂浮在水面上的小饭馆游去。

饭馆里16人被莫里斯救上5人。当他再准备去营救时，小饭馆已被海水吞没。

飓风狂吼着吹到纳拉甘西特时，上百个人正在防浪堤上施工，加固防浪堤。这是当地政府年初的计划，就是担心夏季海水冲垮防浪堤，淹没纳拉甘西特城。

飓风吹来，将防浪堤圆石扫得四处乱飞，"呼啦"一下，施工的人们全被卷上了空中。

紧接着飓风卷着海水，漫过防浪堤，眨眼把纳拉甘西特淹没了一半。

在罗得岛上的普罗维登斯，无数的楼房被飓风削掉了楼顶，高达10英尺的海浪涌进大街小巷，一辆辆泡在水里的汽车飘浮在水面上。由于车上的电路短路，汽车喇叭不停地响着。

后来，波士顿城外布鲁希尔气象台测出，当时的风速已达到每小时186英里。

风暴潮甚至把塔皮欧卡河的河水卷到另一条叫米勒斯的河里，使米勒斯河水满为患。

在不到12小时的时间里，纽约州和新英格兰的大片地区遭受到这次飓风的毁灭性袭击，纽约、麻省等地8000多间房屋和6000多艘船只被摧毁，至少造成了600人死亡。

"闹剧"灾难

1938年10月30日，一幕"闹剧"在美国纽约发生。一夜之间，数百万人莫名其妙地卷入一场大逃亡，造成上千人死亡的灾难。

傍晚，劳累了一天的人们吃过饭，纷纷打开收音机，以期度过这个寒冷而又无聊的夜晚。那时还没有电视，收听无线电广播就成了美国普通家庭的一种消遣。

晚上8时，深受欢迎的哥伦比亚广播公司开始播送著名的纽约水星剧团演出的文艺节目。柴可夫斯基悠扬动人的钢琴协奏曲，使人们忘却了忧虑和烦恼，逐渐沉浸在乐曲欢快的氛围之中。

突然，音乐骤然被广播员急促的声音打断。

"女士们、先生们，现在向各位报告本台记者菲普斯从新泽西州发来的最新消息……"

在美国的广播节目中，只有发生了重大的事件才中途打断正播放的节目。因此，人们不由得竖起耳朵。

片刻之后，收音机里传来了人们熟悉的现场采访记者菲普斯那甜润的男中音："这里是新泽西州格罗弗斯米尔镇威尔马斯农场。女士们、先生们，今天下午格林威治时间14时7分，一个呈筒状的金属飞行物降落在离农场仅30米的草地上……"

在一片嘈杂声中，菲普斯请普林斯顿大学物理学家皮尔逊谈了他对那飞行物的看法。

"我不知道说什么才好。地球上没见过这样的东西，它不像是陨星之类的天外物，倒像是人工制造出来的飞行器。"

就在皮尔逊教授喋喋不休地讲话时，收音机里又传来了汽车马达的轰鸣声。菲普斯介绍说："这是新泽西州警卫队的士兵赶来了，他们封锁了现场，开始接近那个飞行物。天哪！从金属桶里跳出许多怪物，它们有黑熊那么大，浑身闪闪发光。"

收音机里传来一片歇斯底里的哭喊声，接着菲普斯又开始广播："女士们、先生们，现在士兵们正向那些怪物走去……哎呀！怪物们向士兵喷出火焰……不好，我们面前是一片火海！"菲普斯发出一声绝望的呼叫后，收音机里的声音骤然消失。

广大听众目瞪口呆地围坐在收音机前。正当人们不知所措的时候，一个庄严熟悉的声音已经在全国各地回响："我是美国总统富兰克林·罗斯福。全国同胞们，根据目前发生的严重事件，我宣布全国处于紧急状态……"

总统的话音刚落，收音机里就传来了内政部长宣读的一个接一个的公告。从公告中得知事态的发展越来越严重：美国军队与外星人展开激战，损失惨重；外星人占领了新泽西州和宾夕法尼亚州，并继续向四周蔓延。

收音机里不断传来各地记者打来的告急电话：纽瓦克市遭到毒气袭击，全市居民危在旦夕；芝加哥市处于一片火海之中；美国军队设置的防线已被摧毁；外星人逼近纽约……

人们再也耐不住性子听广播了，纷纷夺门而出。顷刻间，全国有几百万人扶老携幼跑到大街上，盲目地四处逃窜。

各地的大小教堂里挤满了祈祷的人，他们虔诚地流着眼泪，祈求万能的上帝为他们消灾。

在一条条的州立公路上，无数辆汽车横七竖八地挤成一团。人们生怕被外星人的火焰烧死在汽车里，于是全跳下汽车向荒郊野外逃散。

各城镇的火车站、飞机场和码头人山人海。

各地警察局更是忙得不可开交，人们涌向那里寻求保护，或打电话询问情况。拥挤混乱造成的伤亡事故陡然猛增，值勤的警察一个个累得精疲力竭。

各州州长纷纷发表紧急声明，再三强调所谓外星人入侵地球的报道纯粹是哥伦比亚广播公司的胡编乱造，请大家不要听信谣言，务必保持镇静。可是，人们已经难以分清是真是假了。就连与哥伦比亚广播公司咫尺之距的纽约大道上，也挤满了奔逃的人群。

气急败坏的防暴警察好不容易才冲出人流，将哥伦比亚广播公司团团围住，然后冲进播音室，喝令立即停止广播，并且拘捕了"闹剧"的制造者——节目主持人奥森·韦尔斯和水星剧团总编辑约翰·豪斯曼。

骚乱直到深夜才逐渐平息下来，但仍有成千上万的人在寒冷的风雨中足足待了一夜。直到第二天他们才知道，有关外星人入侵地球的报道，不过是哥伦比亚广播公司与水星剧团为万灵节而录制的广播剧《火星人入侵地球》的一个插曲而已。

原来，节目主持人奥森·韦尔斯是个喜爱标新立异的怪人，他总想搞出些耸人听闻的节目来吸引听众，以便压倒他们的竞争对手——全美广播公司。于是，他与水星剧团合作，导演了这部根据英国作家H.G. 威尔斯的科幻小说《星际战争》改编的广播剧。

韦尔斯大胆提出整个戏要按照新闻报道的方式录制，这样才逼真，令人信服。在录制过程中，他甚至还惟妙惟肖地模仿人们所熟悉的著名播音员菲普斯和总统罗斯福的声音。至于其他嘈杂声响，则是他们到一些公共场所录来的。

他们万万没有料到，这一闹剧却给美国造成空前未有的灾难，使上千人在骚乱中丧生。

毒蜂进城

1947年5月25日天刚亮，保罗就起床了。

14岁的保罗，头一回不用父母叫他，起得特别早。昨天晚上爸爸妈妈说好了，今天带他去休斯顿郊外旅游，他高兴得睡不着。

吃完早餐，一家人乘上自家的轿车。保罗要开车，爸爸摇摇头："不行，你刚学会，不要随便开。"爸爸驾着车，向郊外驶去。两小时后，车子开到休斯顿郊外一片茂密的树林边，一家人高兴地跳下车，突然一群大大的怪蜂朝他们扑来。

"不好！毒蜂！"保罗的父亲惊恐地大叫道，话音刚落，他就奋力把保罗推进车里，并关上车门。

眨眼间，无数的毒蜂包围了保罗的爸爸妈妈。一会儿，他俩就被毒蜂活活蜇死了。

保罗在车里吓得全身发抖，他立刻发动了车子，开车逃回城里。

保罗决定替父母报仇。第二天，他找到好伙伴查理和卡尔特，开车来到郊外，他们点燃了自制的燃烧瓶向蜂窝掷去。

"轰"的一声，蜂窝燃着了，蜂群冲过烈焰，朝他们追来。

保罗第一个钻进车里，然后放声大叫："查理、卡尔特快上车！快上车！"

两个伙伴慌忙钻进车。有几只毒蜂跟进了车内，保罗脱下衣服拼命地扑打，好半天才把那几只毒蜂消灭掉。

这时，成群的毒蜂扑向汽车，一下子就把车子覆盖起来。密密麻麻的毒蜂围着车子"嗡嗡"乱叫。查理和卡尔特害怕极了，一个劲地催保罗快开车。

保罗点点头，开着车子一溜烟地回到了休斯顿。

但他们没想到，蜂群跟着汽车飞到了他们所在的城市。

成千上万的毒蜂拥进休斯顿城，它们见人就蜇，一场灾难降临了。

人们惊慌失措，纷纷躲进屋里，关闭门窗。没有来得及躲藏的人，拼命地奔跑逃命。

成群结队的毒蜂紧追不放，直到追上逃命的人，"呼呼"地围上去，顷刻间就把人蜇死。

半天时间，大街上就被毒蜂蜇死了20多人。铺天盖地的毒蜂遍布大街小巷，全城的人都躲进屋里，谁也不敢出门。

毒蜂侵占了休斯顿，人们的生活秩序完全乱了，还有人不断遭到毒蜂的侵害。

政府立刻授权一个叫基利卡的昆虫学家，让他负责消灭蜂灾。

基利卡接受任务后，立即投入了紧张的研制中。

没过三天，他就研制出一种药粉，政府又动员市民喷洒药粉，消除毒蜂。

然而，这种药粉对这种毒蜂一点儿也不起作用，毒蜂照样在城里飞来飞去，对人们的威胁越来越大。市民死亡惨重，连城里的许多设施也遭到毒蜂的破坏。

不消灭毒蜂，人们不得安宁，生活不得稳定，市长决定派军队消除毒蜂。

消灭毒蜂的部队立刻出动了，士兵们用火焰喷射器对准蜂群喷射。

无数的毒蜂被烧死，但是又有更多的毒蜂飞进城里。而且，火焰喷射器出乎意料地引起了几起火灾，烧毁了不少建筑。

许多市民想去扑火，但又怕被毒蜂蜇死，只能躲在家里，透过玻璃窗，眼睁睁地望着大火烧毁楼房。

昆虫学家基利卡这些天吃不下饭，睡不好觉，日夜不停地继续研制。没过几天，他又研制出一种药液。

这种药液毒性很大，对人体也有很大的伤害力，如果在全城喷洒，不仅能叫毒蜂死亡，也能使人送命。

基利卡想了一夜，还是不敢在全城使用，只是小范围地喷洒了一些。

虽然杀死了许多毒蜂，但同时也毒倒了三个人。

一天晚上，苦恼中的基利卡打开收音机，收音机里正在播出市政府的通告，要求各家各户关紧门窗，不要让毒蜂钻进室内，希望人们不要出

门……

听着听着，收音机里传出一阵噪声，播音员的声音渐渐听不清。

就是这噪声，使基利卡心头一亮，他立刻中止了药物的研制，一个新的设想在他脑海里产生了。

基利卡找来好朋友塞路德。塞路德是个电器专家，他听了基利卡的设想后，连连点头说："好主意，好主意，我来帮助你。"

两人埋头忙了三天三夜，终于研制出一种"报警器"。这种"报警器"和蜂王发出的频率相同，当蜂群感受到这种频率后，以为是蜂王在向它们召唤。

基利卡和塞路德很快制造了四只"报警器"投入海中，并在装置的四周倒上汽油。成群结队的毒蜂纷纷飞出城，直向大海上的"报警器"扑去，与此同时，基利卡启动了设在岸边的引爆装置。

随着几声巨响，烈焰腾空，肆虐数十天的毒蜂全部葬身大海。

"魔鬼三角"遇难

1971年初春的一天，美国《晨报》刊登了一条惊人的消息：46岁的丹尼斯船长昨天对记者说，今年初夏，他要去闯一闯被人称为"魔鬼三角"的百慕大海域，他将在那里拍摄电影、电视，解开人们心中的疑团。

百慕大是个群岛，距美国东海岸的南卡罗来纳州约917公里。它附近的海域神秘莫测，许多舰船在那里沉入海底，许多飞机在它的上空失踪。

丹尼斯船长决定去"魔鬼三角"冒险的消息传开后，他的船员一下子逃个精光。可是，丹尼斯并不气馁，登报重新招聘了船员，并为他们办理了巨额保险。

不到半个月，30名精明强干、具有冒险精神的新船员来到丹尼斯的船上。他们纷纷表示愿和丹尼斯船长共闯百慕大海域。

望着一个个勇敢的新船员，丹尼斯满脸喜色，更坚定了去闯百慕大海域的决心。

大家反复检修了海轮上所有的机器设备，还载上了10条救生艇，每人都配上双份救生衣。船员们与丹尼斯船长共同研究百慕大"魔鬼三角"海域的气象、水文资料，准备了两个月，直到5月6日，才开始了冒险之旅。

海轮出发的那天，码头上聚集了200多送行的人。丹尼斯的妻子紧紧拉着他的手，说："亲爱的，你一定要回来，我在等着你。"

丹尼斯轻轻地吻了吻妻子的脸颊，笑着说："我一定会活着回来。"

8时30分，一声嘹亮的汽笛告诉人们，海轮马上就要起航了。丹尼斯最后亲吻了一下妻子，然后登上了甲板。

送行的人们频频向他们挥手致意，不知谁喊了一声："勇士们，祝你们凯旋而归！"码头上立刻响起阵阵呼喊声。

航行了九天九夜，离百慕大海域越来越近了。

丹尼斯亲自掌着舵，吩咐水手经常打捞海中的藻类供他辨认。他不停地在日记上记下天气的变化，粘贴海藻的标本，通过电报将航行中的变化告诉随时跟他联系的美国海洋救险队。

这天早晨，天空阳光灿烂，海面平静如镜。水手特雷兹打捞上来一大堆马尾藻，跑进驾驶舱，兴冲冲地对丹尼斯喊道：

"船长！马尾藻，海里全是马尾藻，我们到马尾藻海了，百慕大就在前面。"

丹尼斯立刻让副手驾驶海轮，在日记上记下进入马尾藻海的时间。他写道："我们已经进入百慕大海域。今天，魔鬼的脾气特别温和，大海像……"

刚写到这里，突然阴风四起，海上波涛汹涌，海轮立刻在波峰浪尖上颠簸摇晃，船员们一个个东倒西歪，谁也站不稳脚，只得紧紧地扒住甲板。

丹尼斯赶忙把日记本藏在一只密封的木匣里，然后镇静地掌着舵。

突然，天空响起一声震耳欲聋的炸雷，紧接着出现了球形闪电。"咔嚓"一声，一个个大火球在海轮甲板上炸开来。有个火球炸着了一桶燃料油，顿时，大火在甲板四处蔓延、燃烧……

特雷兹一头冲进驾驶舱："船长，火……火已烧上甲板了！"

丹尼斯跨出驾驶舱，一下惊呆了。甲板上大火熊熊，几个船员浑身已烧着，像个火人，在甲板上东窜西跳。有两人被火烧得惨叫一声，跳进了大海。

丹尼斯立刻跳进海轮上的淡水桶里，将全身衣服浸湿，然后冲进烈火，拿起消防瓶奋力灭火。

船员们见了，纷纷学着他的样子跳进淡水桶弄湿衣服，冲进火中，拼命地扑打甲板上的火。

一个多小时后，大火终于扑灭了。可是，海轮甲板被烧得面目全非。这时，船长丹尼斯竖起大拇指，对船员们说："你们个个都是英雄。"

不一会儿，海面上又风平浪静了。丹尼斯请大家到船舱里来看一段奋力灭火的录像，船员们看见自己刚才那种认真劲，一个个都笑了。

海轮又向前行驶了两小时后，丹尼斯发现远处海中喷出一道乳白色的强光，光束巨大，犹如一条升向天空的银柱，广阔的海面顿时变成一片银白色。这时，负责录像的工作人员报告说："船长，机器失灵了，噪声特别大！"

"关掉机器！"丹尼斯命令道。他知道，眼前神秘的白光是百慕大"魔鬼三角"海域最厉害的杀手铜，它能引起海水沸腾般的翻滚，引起强大的磁暴，使船上的仪器和无线电装置统统失灵，如果船只不及时撤离，很可能发生船沉人亡的悲剧。

他立刻拨转船头，加速驶离白光区。可是，海轮刚开出1海里，遥远的海面上又变得黑气腾腾，远远传来了千军万马奔腾似的喧哗声。丹尼斯立刻打开广播，对船员们喊道："我们碰上巨大的漩涡，大家赶快上救生艇，撤离海轮！"

然而，没有一个人肯离开。大家都愿和船长同生死，共患难。

丹尼斯命令特雷兹带上他的日记本，立刻坐上救生艇驶离海轮。

特雷兹驾着救生艇飞一般地逃离了大漩涡，而丹尼斯和海轮上的船员全被大漩涡卷进了深深的大海。

三个月后，特雷兹才回到美国东海岸的迈阿密，人们才知道丹尼斯船长和船员们的遇难情况。

刹不住的飞机

1982年10月9日上午，美国一架80吨重的巨型运输机在11 000米高空按预定航线飞行。驾驶飞机的是49岁的普莱尔斯，他无数次在蓝天上驾机飞行过，有着十多年的飞行经验。坐在副驾驶位上的是年轻的彼克卡，他虽然才28岁，但给普莱尔斯当副手，也有两年了。

飞机在天上平稳地飞行着，彼克卡不时地望望普莱尔斯，打心里佩服他的飞行技术。

突然，一架超音速飞机从高空俯冲过来。普莱尔斯见了，大吃一惊，他立刻将运输机的方向猛地一转。超音速飞机从运输机旁边擦身而过，"咔嚓嚓……"运输机的机身发出一连串的巨响，庞大的机体剧烈地颤抖起来。

运输机急剧地冲向大地，情况十分危险。

彼克卡对普莱尔斯大声喊道："不好啦，飞机不受控制了，跳伞吧！"

普莱尔斯心里也非常紧张，但他仍镇定地回答："彼克卡，别急。我再检查一下，看看是否能调整到水平状态。"

普莱尔斯一边说，一边按他多年的职业飞行习惯，下意识地动了一下驾驶杆，发现操作系统还起作用。于是，他迅速断开自动驾驶仪的总开关，将油门慢慢减到最小位置，然后拼命向怀里猛拉驾驶杆，以减慢飞机下降的速度。终于，飞机在6 000米高度维持住水平飞行状态。

彼克卡仍然十分恐慌，说道："不行啊，这样坚持不了多久！"

普莱尔斯扭过头对他说："现在我们离地面还有6 000米，你到飞机上检查一下，等会跳伞也不迟！"

彼克卡爬出驾驶室，到飞机上去检查机身出了什么故障。

过了一会儿，他回到驾驶室，十分惊慌地对普莱尔斯说："完了！飞机的尾翼出现了大大小小几十个洞，那个5米高的垂直尾翼也不见了。我们的飞机已变成了一只秃尾巴老鹰了！"

普莱尔斯听了，心里咯噔一下，他知道后面的垂直尾翼掉了，就等于方向舵没有了。

这时，飞机不停地左右摇摆，上下起伏，普莱尔斯不停地进行修正，累得满头大汗，可还是无济于事。他抬起头，和彼克卡对视了一眼，沉默了一会儿，说："迫降！"

接着，普莱尔斯又对彼克卡说："快，打开无线电，和附近的机场联系。"

彼克卡点点头，立即拨弄起无线电来。折腾了半天，他才发觉无线电已被撞坏了，机场根本就收不到信号。

联系不上机场，降落的难度就大大地增加了。

普莱尔斯感到情况十分紧急，他在心里告诫自己沉住气，一定要沉住气。他很快作了一下估计，飞机一直是按预定航线飞行，已经飞行了三个多小时，按道理应该到机场上空了。他对彼克卡说："朝下看，寻找机场！"

彼克卡答应了一声，立刻将脸贴在机窗的玻璃上往下张望。不一会儿，他惊叫起来："机场，前面就是机场！"

普莱尔斯驾驶飞机慢慢地向机场靠近，在离机场1000米时开始下降。这时机场上的跑道已清晰可见了，可飞机忽而偏左，忽而偏右，好不容易才对准跑道。

由于飞机的外伤破坏了空气动力，再加上尾部失去了尾翼，前重后轻使飞机的重心发生了变化，操纵十分困难。飞机急剧冲向地面，高度突然迅速降低，像被巨大的磁铁吸住一般，朝下直坠。

"天哪，我们要完蛋了！"彼克卡吓得失声惊叫起来。

普莱尔斯大声喊道："镇定，快用力扳驾驶盘！"他俩用尽全力，双手扳着驾驶盘，向后用力拉杆。机头终于抬了起来，具备了飞机着陆的必要的仰角。这时，他俩才稍稍地松了口气。

飞机在跑道尽头外250米的保险道上落地，机身猛地弹跳一下，震颤不停，好像要散架似的，急速地滑跑着。突然，普莱尔斯发现跑道左侧的边缘有几个人站在那里，飞机正以每秒150米的速度朝他们冲去。他下意识地蹬右舵来修正方向，但不起作用。

彼克卡忽然叫道："用前轮锁，上横侧跑道！"普莱尔斯心头一亮：对啊，自己怎么没想到呢？

他立刻打开了不轻易使用的前轮锁，用手使劲扳动前轮的转弯手柄，只听"嘎吱"一声，飞机冲上了跑道边横侧的一条跑道，但是并没有停下来。

机场指挥塔上的人们在没收到任何信号的情况下，看见巨型运输机突然降落，而且摇摇摆摆，在机场上横冲直撞，一个个吓得目瞪口呆，只有指挥长抓着话筒大叫："普莱尔斯，减速！快减速！"

此刻，普莱尔斯紧紧地扳着转弯手柄死死不放，飞机仍然急速向前冲去，方向杆也失灵了！他突然感到大事不好，前面跑道上停着一架客机，如果飞机刹不住，那就……他不敢往下想，大声喊叫彼克卡："快，用劲，用劲！"

然而，一切都是徒劳的。飞机完全失去控制，顺着一股惯性的冲力，"轰隆"一声巨响，一头撞上了停在跑道上的客机。顷刻间，两架飞机燃起熊熊大火。好在客机上无人，普莱尔斯和彼克卡却在两机相撞中丧生。

这场灾难给美国造成了上亿元的损失。

坠机之后

1985年8月5日，一架双翼无遮机舱的小飞机像一只快乐的小鸟，降落在美国田纳西州奥克里季市的一个机场上。

这架飞机的飞行员是28岁的迈克·赖恩。

迈克是好莱坞的特技替身演员，他身强力壮，动作灵敏，身怀绝技。他经常代替正式演员拍摄在急驰的车辆中跳上跳下，从骇人的高空坠落下来，在斗殴场面中搏斗等镜头。

但是，最使他感到刺激的活动是驾驶飞机，飞翔在天空中。

小飞机加完油后，又冲向蓝天，越过密西西比河向西飞去。

迈克坐在敞开的座舱中，俯视着平坦的新墨西哥沙漠和巍巍群山，不由得兴奋地做起了侧翻、滚翻等特技飞行。

飞着飞着，突然，迈克撞进了一个下沉气流中。他心里咯噔一下，顿时感到全身受到了重重的一击，并且听到气流的撞击声。

他不由自主地惊叫一声："不好！"便立刻拉动操纵杆，想让飞机冲出气流。

尽管迈克使出了浑身解数，飞机仍然像断线的风筝一样，挣扎了一番后，还是被下沉气流压向地面。

迈克知道大事不好，这回是必死无疑了。他两眼一闭，任凭飞机栽向地面。

飞机坠地后，奇迹般地没有起火。

不知过了多久，迈克苏醒了。他首先发现自己的鼻子和右腕破裂，嘴唇和右眼圈也裂开了很深的口子。接着，他发现左腿及踝关节碎裂，舵踏板刺穿了右脚跟。

迈克经历过无数次危险，但从没遇到过这样的灾难，他大叫起来："天哪！怎么会这样？"

一阵剧烈的疼痛，使他一下子昏迷了过去。

下午，迈克再次苏醒过来，他首先想到的是：我不能死，我要活下去。他抬起头，看见了离他不远的飞机。于是，他咬紧牙，一步一步朝座舱爬去。

刚爬出几步，迈克眼前一黑，又失去了知觉。

一阵山风吹来，迈克又醒了。他艰难地爬到座舱边上，打开舱内的无线电，想与机场联络。可是，无线电已被撞坏了。他又在扭弯的前舱残骸中摸到空难定位发射机，发出了求救信号。然而，这发射机已超过有效期，发出的信号非常微弱。

在伊利诺斯州圣·路易斯城东面的斯科达空军基地的空难营救协调中心和国际卫星跟踪营救系统的一个轨道卫星，同时收到了一个空难定位发射机发出的微弱信号。电子计算机控制系统立刻输出了出事地点的经纬度和离空难地点最近的5个机场的名称。

几架民航班机在新墨西哥州和亚利桑那州之间几百英里的线状范围内也收到一个微弱的求救信号。接着，营救中心又录到了其他几个轨道卫星发出的信号。

营救队出发了。关键要看发射机已过期的电池组能工作多长时间，如果它"油尽灯灭"，迈克获救的希望就十分渺茫。如果它一直工作，那么它的信号就能引导营救队到达出事地点。

迈克全身的伤口仍出血不止。他知道现在必须注意身体保暖，于是使尽力气爬向后舱，拖出睡袋钻了进去。

干完这些事，竟然已经过去了6小时。

暮色中，迈克突然看到一只母鹿站在树林边上，怯生生地看着他，这情景在他心中油然生起一种安全感。

夜幕降临时，一架飞机已在这一地区环绕飞行。据电子信号显示，遇险者就在格兰兹南面约九平方英里的范围内。

这里是荒凉的山地，很难搜寻。营救队要求国家空难定位专家组提供技术援助。

专家组使用的功能像电子望远镜一样的无线电测向仪能确定60英里范围内空难定位发射机所发出信号的位置。使用时由两人手持仪器在地面行走搜索，同时跟有一辆配有信号增扩仪、无线电联络机和手提计算机的营救车。

专家组与营救队分成几个搜索小组，时而坐车，时而步行，并通过无线电与专家组成员蓬伯·考温联系。

考温在100英里外利用电子计算机不断缩小搜索范围，引导营救队接近目标。

夜色中，迈克从昏睡中醒来。他想到了死，想到了他死后活着的亲人。两年前，他的女友在水中溺死，使他感受到了死者给生者带来的痛苦。因此，他不断祈求着生的力量。

凌晨，考温的计算机已将搜索范围缩小到位于西伯勒国家森林内的很小的区域。当营救队沿着一条伐木路驱车前进时，车上信号增扩仪的读数不断增大。搜索人员跳下汽车，他们知道离出事地点很近了。

迈克在朦胧中听到脚步声，他想喊，但舌头、喉咙都干焦了。最后他终于发出一声嘶哑而微弱的"救救我"。几乎同时，两个营救队员喜悦地呼喊起来："我们发现了遇险者！"

迈克得救了，很快被送进医院。虽然他伤势很重，但手术中他的平静使医生感到非常震惊。短短的三周里，共做了8次手术，他从不吭一声。

迈克截去了左脚，穿上了一只特制的鞋，使两腿保持一样长。当他恢复到可以一瘸一拐地行走时，他做的第一件事，就是租了一架小飞机，单飞上天，以证明他没有任何改变。

现在，迈克又回到了特技替身演员的行列。

"挑战者号"大爆炸

　　1986年1月28日上午，美国佛罗里达州卡纳维拉尔角肯尼迪航天中心，碧空如洗，万里无云。巍然矗立在发射架上的"挑战者号"航天飞机，在阳光照耀下熠熠闪光，犹如一条银色巨龙，只等一声令下，便直上云霄。

　　在美国载人航天飞机飞行史上，"挑战者号"战功显赫，创造过多次航天飞行第一的纪录。今天，它飞行的使命是将一个通讯卫星送入太空轨道。这一回，它又将创造一项第一——首次运载一位普通公民遨游太空。

　　这位普通公民是37岁的女教师麦考利夫。一年前，美国航天局公开招募一名将作太空飞行的普通公民，里根总统提议选择一名教师。麦考利夫从11 400名自愿申请者中脱颖而出，成为有幸第一个乘航天飞机进入太空的"普通公民"。此刻，她静静地坐在航天中心的休息室里，想到自己遨游天空的理想就要成为现实，不禁激动万分，同时又充满信心。

　　在这次航天飞行中，她将在第四天向地球上几百万中学生讲授两节"太空课"。第一节课她将用自己在太空的亲身感受向学生们讲解：什么是"太空"？在太空中人类如何生活？第二节课她将告诉学生们：为什么人类要冒着生命危险闯入太空？在太空中讲课，这在教育史上是前所未有的。想到这里，已有12年教学经验的麦考利夫内心充满了喜悦。

　　这是少有的寒冷天气，北风凛冽，温度降到了零下4℃，发射架上挂满了晶莹的冰柱。由于天气太冷，原定上午9时38分发射的时间，不得不推迟两小时。

　　但在距发射架4英里远的看台上，却是一派热气腾腾的景象。一大早，来自全国各地的1 000多名观众就冒着严寒赶到这里。他们中有前来采访的各国记者，有专程来观看的美国各州的旅游者，还有即将起飞的宇航员的亲属，其中包括麦考利夫的父母和妹妹。他们手拿望远镜，遥望着发射台，焦急地等待着那最后一刻的来临。

11时，身着宇航服的麦考利夫和另外6名宇航员从航天中心大楼出来了。他们微笑着向兴高采烈的观众挥手告别，愉快地从航天飞机头部左侧的圆形舱门进入密封舱。

11时30分，一切准备就绪，开始倒计时。发射前7分钟，最后一架舷梯撤离"挑战者号"。前4分钟，宇航员做最后一次头盔和面罩检查。前35秒钟，一切显示正常，自动程序开始工作。前6秒钟，"挑战者号"主发动机点火。

这时，看台上所有的观众都盯着巨大的电视屏幕，他们屏住呼吸，注视着屏幕上倒计时的数字变化：5、4、3、2、1。

11时38分，当最后一声指令从指挥中心下达，"挑战者号"下方腾起一阵翻滚着的白烟，轰鸣着拔地而起。这条银色的巨龙，喷着明亮耀眼的火柱，以三倍于音速的速度直插云天。顿时，看台上爆发出阵阵欢呼声和掌声。人们欢呼雀跃，被眼前壮观的景象所陶醉，人人脸上绽出喜悦的笑容。麦考利夫的双亲和妹妹更是激动得热泪盈眶。

坐在电视机前观看现场直播的亿万观众，也欢天喜地，赞叹不已。

聚集在新罕布什尔州康科德中学礼堂里观看电视的数百名学生，更是欣喜，为他们敬爱的麦考利夫老师飞上太空而喝彩。

这一刻，整个美国都沉浸在一片欢腾之中。

11时39分12秒，即"挑战者号"发射后仅仅72秒钟，意想不到的惨剧发生了。"挑战者号"底部突然闪出一道白光。顷刻间，一团由橘红色火焰和乳白色烟雾组成的大火球吞没了整个航天飞机。紧接着，从15 000米的高空传来闷雷般的爆炸声，耗资12亿美元的"挑战者号"砰然爆炸。两枚助推火箭拖着白烟从火球中窜出来，形成一个"Y"字型坠落下来，而飞机本身则变成千万块燃烧着的碎片，散落在离发射场19公里的大西洋里。

广阔的肯尼迪航天中心发射场上死一般寂静，人们被这突如其来的变故惊呆了，看台上数以千计的观众茫然不知所措。麦考利夫的妹妹"啊"的一声发出撕人心肺的惨叫，使看台上的观众从恍惚迷离中惊醒。一时间，痛哭声、唏嘘声响成一片。几分钟后，广播员以沉痛缓慢的语调播出了这个不幸的消息，告诉人们刚才目睹的是一次空难。整个发射场立刻沉浸在悲哀和痛苦之中。

坐在电视机前目睹这一惨剧的千千万万的观众，却怎么也不敢相信这是真的。直到播音员反复报道、荧屏上连续播放这一悲惨的瞬间，人们才被迫接受了这个事实。悲恸的气氛笼罩着成千上万的家庭。

历史将永记1986年1月28日11时39分12秒这一时刻，一场世界载人航天史上最大的悲剧在肯尼迪航天中心的上空发生了。"挑战者号"航天飞机高空爆炸，7名机组人员无一幸免。

"挑战者号"爆炸的消息，通过无线电波立即传遍了全球。全美国为之震惊！全世界为之震惊！

在"挑战者号"爆炸后，美国国防部立即派出舰船驶向爆炸碎片散落的大西洋海域，进行大规模的搜索和打捞航天飞机残骸的工作。

根据打捞上来的"挑战者号"残片以及爆炸前航天飞机发回来的大量数据，专家们认定：事故的直接原因是航天飞机右侧的固体火箭助推器的密封装置失效，燃气外泄，喷出火舌后引起推进剂储箱爆炸。

鹈鹕鸟击落轰炸机

　　1987年9月27日上午8时，一架战略轰炸机从福莱哈德机场呼啸而起，飞向湛蓝的天空。

　　这是美国空军的一种新型B-12战略轰炸机，空军部队为有这种新型的轰炸机而感到骄傲和自豪。

　　此刻，驾驶轰炸机的劳伦斯·哈斯克尔上尉心情特别激动，他不时地扭过头看一眼坐在身旁的飞行教官詹姆斯·阿克林少校。哈斯克尔上尉心里清楚，没有阿克林少校的帮助指导，他是不会有机会开上B-12新型战略轰炸机的。

　　轰炸机以每小时1 037公里的速度，向位于科罗拉多州拉洪塔战略训练靶场内的一个目标飞去。

　　当飞机到达科罗拉多州东部的两个大水库上空时，哈斯克尔上尉看到机头前方略偏左的地方有一道白光，从眼前一掠而过。接着，"嘭"的一声巨响，飞机随之一抖。

　　原来是一只重约6公斤多的白鹈鹕鸟撞在3号发动机吊舱上方偏左的机身外，打断了导线和一些导管。

　　有经验的飞行员都害怕在空中遇到这种鸟。它体长可达2米，翅膀展开有7米多宽，一身白色羽毛，能飞得很高，远远看去像一朵洁白的云彩，常常能迷惑飞行员的视线。

　　哈斯克尔上尉没想到头一回驾驶轰炸机，就让白鹈鹕鸟撞上了。

　　这时，有一根压力达每平方厘米280公斤以上的液压导管被打断了，液压油开始燃烧起来。哈斯克尔上尉已感到四个液压系统中至少有三个烧坏了。

　　就在他束手无策时，坐在一旁的阿克林少校站了起来，说："别紧张，让我来驾驶。"

哈斯克尔立刻离开了驾驶座位，阿克林少校很快接替了他。

忽然，飞机颤动起来，还发出"嘎嘎"的响声，并且略带坡度，向右偏航。

哈斯克尔上尉的心怦怦直跳，他还是第一次遇到这种情况。如果是自己驾驶，他真不知道该怎样排除险情呢。他看了一眼阿克林少校，只见他沉着稳定地拉动操纵杆。

不一会儿，机身稳住了，进入平行飞行状态。哈斯克尔上尉暗暗地吁了口气，他以为险情排除了。

可是，危险并没有消除。3号发动机压缩机起火，排气温度急剧上升。

就在这时，火警信号灯亮了，音响警告喇叭也叫了起来。

"哈斯克尔，关闭3号发动机！"阿克林少校发出紧急命令。

"是！"哈斯克尔一扭身按下了3号发动机按钮。与此同时，阿克林也按下了4号发动机按钮。

火警信号灯熄灭了，音响警告喇叭也不叫了。3号和4号发动机已停止工作，只有1号、2号发动机在正常运转中。

阿克林少校又一次向哈斯克尔发出命令："快向地面报告，要求提高飞行高度。"

哈斯克尔上尉通过无线电，向丹弗空中交通管制中心作了紧急报告：

"B-12轰炸机被白鹈鹕鸟撞上，有两个发动机停止工作，请求提高到3 048米飞行高度，请指示。"

"同意请求！同意请求！"空中交通管制中心很快作出答复，并指示他们想方设法安全降落。

阿克林少校猛拉操纵杆，飞机升到2 500米后，再也爬不上去了，而且剧烈抖动起来，逐渐向后倾斜。

飞机开始急速下降，哈斯克尔和阿克林都意识到死亡正在威胁着他们。阿克林少校接连不停地扳动操纵杆，想使飞机停止下降。然而，这一切的努力都无济于事。

"快，准备跳伞！"阿克林少校大声命令哈斯克尔。

"你怎么办？"

"不用管我，你们先跳！"

　　眨眼间，哈斯克尔上尉和三名机组人员跳出了飞机，降落伞在空中飘荡。

　　但是，阿克林少校坐的座椅因弹射控制系统出了故障，没能弹出去，还有两名机组人员坐的回弹式座椅，需要实施人工跳伞程序。等到他俩起身去拉跳伞舱门时，飞机已经完全失去控制。他俩还没来得及跳伞，飞机就以右坡度70°向下坠去。

　　只听"轰隆"一声巨响，B-12新型轰炸机坠进了大水库，掀起一股冲天巨浪。整个事故历时只有3分钟。阿克林少校和两名机组人员遇难。美国空军部队的首脑们做梦也没想到，一只白鹈鹕鸟竟然把他们最新型的轰炸机给"击落"了。这场意外灾难，损失惨重。

沼泽坠机

1988年2月19日，纽约市38岁的医生豪尔德到新泽西州曼纳拉潘镇一位多年未见面的老朋友家作客。

吃晚饭时，老朋友拿出一瓶好酒，要款待他。豪尔德摆摆手，说："很对不起，我不能喝，晚上我还要开飞机回家。"

朋友也不勉强，递给他一瓶汽水："那你就喝这个吧。"

两个老朋友一边喝，一边聊，一直到晚上11时，豪尔德才起身告别。

豪尔德一向喜欢冒险，三年前他就拿到了飞机驾驶执照。节假日里，他常驾驶飞机四处周游，领略大自然的风光。这次到老朋友家，他原本打算星期天来，临下班时又改变了主意，直接驾机飞来了。

豪尔德离开朋友家，赶到了附近的老桥机场。他的单引擎、四座的穆尼201型飞机就停在那儿。

豪尔德登上驾驶舱，把飞机开到跑道上，一分钟后，他的飞机便腾空而起。升到半空中，豪尔德发现飞机被浓密的云层包围，他却非常高兴，自言自语地说："穿过云层，向前飞，这真刺激。"

飞临塔特博罗机场上空时，豪尔德请求机场帮助降落。不料，机场人员告诉他，因天气原因，机场已暂时关闭。

没有办法，豪尔德只得掉转方向，朝附近的莫里斯镇机场飞去。机场为他指示了降落跑道。不知为何豪尔德的飞机竟鬼使神差地偏离了航道，以160公里的时速向前冲去。最后掠过一片树林，猛地撞进一片沼泽中。

不知过了多久，豪尔德从昏迷中苏醒过来，他脑海中一片茫然，不知道出了什么事。他发觉安全带仍然系在腰间，四周都是茫茫一片白雾。

"我这是在哪里？"他像在问自己，又像在问别人。

一阵风吹来，使豪尔德的头脑渐渐清醒。他这时才意识到：我出了飞行事故了！他看见了身旁的飞机，前段已折断，仪表板也不见了。他忽然后悔起来，临出门时，朋友劝他第二天回去，可他偏偏没听，坚持要连夜驾机回家。没想到……

这时，一阵阵剧痛向他袭来。他伸手摸摸，天哪！左膝盖骨已露了出来，下半截仅由肌腱吊着。他赶忙动一下右腿，一阵钻心的疼痛。右腿骨也折断，而且还在向外流血。

作为一名医生，豪尔德完全知道自己双腿伤得有多严重。他开始检查身体其他部位。很快他发觉有几根肋骨已折断。

豪尔德简直无法接受在瞬间遭受如此厄运的事实。他喃喃自语："怎么会是这样……"

他躺在烂泥地上，望着茫茫的夜空，他想到了死。

不！不能死！他猛然想起了儿子。妻子离他而去，就剩下儿子和他相依为命，此刻儿子还在家等着他呢。他挣扎着挪动了一下身子，一阵猛烈的剧痛，使他一下昏了过去。

这时，天上渐渐沥沥地下起雨来。不一会儿，豪尔德被雨水淋醒了，他全身透湿，在冰冷的雨水中瑟瑟发抖。

此刻，他的手表显示时间是0时35分。

豪尔德清楚自己毫无自救能力，他想起飞机上装有紧急定位发报机。这种发报机能在飞机受到撞击后立即开动，通过卫星将坠机地点及时通知北美防空指挥部。

豪尔德心中顿时涌起一线希望，盼望防空指挥部能立即收到他的求救信号，派来救援人员早点救他出去。

时间一点一点地过去，仍然不见救援人员的身影，豪尔德陷入了绝望之中。雨依旧无情地下着，阵阵寒气使他浑身越抖越厉害。这样下去，即使不因流血而死，也会冻死。他决定爬到飞机后半部能避雨的地方。

整整花了半小时，他费尽全身气力好不容易才爬到飞机后面的座位上。他望着腿上还在流血的伤口，明白自己的时间已经不多了。至此，豪尔德已对获救不抱任何希望。他在心里默默地说："儿子，爸爸不行了，往后不能照顾你了。你都12岁了，没有爸爸，你也要活下去。"一行浑浊的泪水从豪尔德的眼角流了下来，他闭上双眼，等待死亡的降临。

戴洛西奥是莫里斯镇机场的业务监督。大约1时，电话铃声把他从梦中惊醒。机场指挥人员告诉他有一个名叫豪尔德的人驾驶一架私人飞机准备在机场降落时，在事先没有说明取消降落的情况下，突然从雷达屏幕上消失了。

戴洛西奥立刻给附近的机场挨个打电话，询问刚才是否有私人飞机降落，但得到的都是否定回答。

最后，戴洛西奥从塔特博罗机场方面获悉，有一辆汽车一直停放在那儿的停车场。戴洛西奥立即与警方联系，此车果然是豪尔德的。

戴洛西奥判断豪尔德的飞机可能出事了，他请求州警察局派直升飞机前往可能出事地点搜寻。

清晨6时，天刚放亮，一架直升飞机飞往莫里斯镇机场附近盘旋搜索。9时39分，直升飞机终于在一片沼泽中发现了坠毁的飞机，并看见机上还有个人蜷缩在后座上。

救援人员把奄奄一息的豪尔德抬进直升飞机，飞快地送往医院。

一到医院，豪尔德立即被送上手术台。经过医生奋力抢救，他终于从死神手里挣脱出来，但左腿残废了。

蜂　祸

　　1992年5月23日午夜时分，一辆巨大的集装箱卡车正奔驰在佛罗里达的高速公路上。驾驶卡车的是约翰·山尼，他是佛罗里达州迪兰市的一家商业养蜂场的司机。这是他八小时车程的最后一段路。车上装着250只蜂箱，里面装有500万只蜜蜂。

　　卡车飞驶到威利斯顿镇外时，突然一辆轿车迎面冲进了卡车的车道。山尼还没有反应过来，大卡车已猛冲过去，跨过轿车的车头，整个向空中飞去。

　　山尼感到他的卡车慢慢地旋转着，最后又底朝天地砸回到地面上，并向路边的沟冲去。当卡车重重地撞到沟边时，挡风玻璃猛地全碎了。卡车最后停了下来，车轮在夜风中转动着，马达仍在轰鸣。

　　山尼吓得一动也不敢动，身体侧躺着。"我还活着，感谢上帝！"这是他的第一个念头。

　　驾驶室已严重变形，被挤得只有不到身体大的空间。车头已扎进了泥土中，四周堆着灰土和杂草。几块玻璃划破了他的臂肘，鲜血顺着他的胳膊直往下流。他想挪动左腿，却一动也不能动。他的脚和小腿插进了挤烂的底板和操纵杆中，方向盘紧紧地压在他的胸口上。

　　山尼突然感到脖子上一阵刺痛，接着一下又一下，他明白了，是蜜蜂！

　　山尼知道一旦一只蜜蜂蜇了人，就会施放一种芳香气体，诱使其他蜜蜂也加入到攻击行列中。在撞车中，有一些蜜蜂逃出了蜂箱。山尼记得从一本书上读到过，人要是被蜜蜂蜇200次，就可能会致命。这时，他又感到被狠狠地蜇了两下。

　　一位警官接到了报警，迅速赶到出事地点。一团黑压压的浓雾笼罩着现场，仔细一看，全是蜜蜂！

警长梅迪罗斯看着卡车，心想：在这种情况下，没有人会活着。忽然，他听到一个微弱的声音："救救我……"

他循声望去，见到了山尼，警长安慰山尼，说会尽快救出他。

人们不敢靠近山尼，担心蜜蜂蜇人。梅迪罗斯知道，即使没有蜜蜂，救援工作也十分困难。

"他们需要能懂得蜜蜂的人。"山尼想到这一点，他便喊道，"给我在迪兰的老板联系，他知道该怎么做。""那好吧。"人们答应了他。开始时，只要山尼不动，蜜蜂就不会攻击他。但现在即使一动不动，蜜蜂也在不停地蜇他。借着灯光，他看到了皮肤上爬动着的蜜蜂。"蜇了我多少下了？"他想道，开始自己数着。15、16、17……24……30……在第50下时，他停住了，不敢再数了。

消防队员布罗科钻下沟，想用液压机把车子顶起来，忙了一会儿，毫无作用。不久，他的手臂开始疼痛，满脸冒汗，一只蜜蜂在他的嘴唇上蜇了一下，马上整个嘴就肿了起来，连话也说不了，他只好爬出来。

有人建议道："干脆把卡车翻过来。"

"不行！"警长梅迪罗斯说："那太危险了，会把司机挤死在里面的。"

打给山尼老板的电话没人接，有人建议去找威利斯顿镇的养蜂人唐·吉尔雷斯。当吉尔雷斯赶来时，看到蜜蜂在"嗡嗡"乱飞，他就命令把车灯都关掉。接着，他拿出了主意。"用你们的水枪对准驾驶室四周的蜜蜂，"他对消防队员说："用小水流把它们浇下来，这可以阻止它们再飞起来。"

营救工作在慢慢地进行着，消防队员用木桩垫着卡车的一侧，开始用铁锹挖掘抢救。人们一边被狂蜂进攻着，一边同死神争夺时间。

山尼已被困在驾驶室两个多小时了。他已可以动弹，但他的脚仍被夹着，而且被蜇的疼痛时刻在增加，他不停地拍打落在脸上、身上的蜜蜂。

"我必须在天还黑着时爬出去。"山尼想着，他知道天一亮，蜜蜂在阳光中的进攻将会更加凶猛，"到那时可真要完了。"

"嗨！"山尼向营救者们喊道，"我从里面砍怎么样？"

从外面挖似乎太慢了。关键是方向盘仍然压着他的身体，如果他能砍掉方向盘，那就会排除在胸口的压力，也能让外面的人爬进来，拔掉卡住他腿的操纵杆。

"你们能把工具递给我吗？"山尼问。

梅迪罗斯说："我不知道那行不行。"

山尼知道这并不好办，但只有这个机会了。接着他看到从挡风玻璃窗中递进来的液压工具和大钳刀。

"接住。"梅迪罗斯说道。

"好了。"山尼抓住了工具，握住把手，开动了它。切割进行得很慢，不一会儿，他的手臂就开始疼痛了。他喘了口气，又接着干起来。猛地一下，方向盘被切下来了。

营救者们切掉了门上的障碍物，爬进来开始拔操纵杆。终于在车祸发生3小时16分后，山尼被救出了驾驶室。在拂晓前的天空中，一丝微弱的亮光预示着白天的到来。

山尼被迅速抬进了救护车。他满身蜇伤和肿胀，医生发现他还有脑震荡。令人吃惊的是，没有一处骨伤。山尼被注射了镇痛剂并进行特护观察。三天后，他恢复了过来，噩梦终于结束了。这时，他才知道被撞的轿车里只有一个人，他已经死了。

恐怖行动 "9·11"

　　穆罕默德·阿塔出生在尼罗河畔，年幼时随父母搬到了开罗。他才智过人，从开罗大学取得了建筑工程学位后，又来到德国汉堡继续深造。

　　谁也想象不到，正是这个年轻人，竟制造了一起惊天动地的恐怖袭击事件。

　　在汉堡学习期间，阿塔结识了谢哈和贾拉等几名留学生，没聊几句，就发现他们和自己有一个共同点，就是对美国极其仇恨。彼此道出心声后，几个人大有相见恨晚的意思，于是，他们成立了"汉堡团伙"，开始策划对美国发动恐怖袭击。

　　1999年11月至2000年1月间，阿塔和谢哈、贾拉等人去了阿富汗坎大哈，并在那里参加了一个"基地"组织训练营，接受了奥萨马·本·拉登"基地"组织的恐怖训练，训练的内容包括：配置炸药和安装定时器，还有各种轻型、重型武器的使用，以及恐怖分子实施行动的手段和方法。

　　就这样，阿塔从一名年轻有为的大学生，变成了一个名副其实的恐怖分子。在他准备离开训练营的时候，"基地"组织交给了他一项新的任务。

　　这个任务需要周密的部署，也需要花更多的钱，但它不需要武器，只需要一批能熟练操作的飞行员。要完成这个特殊的任务，第一步就是必须先混进美国，然后申请进入飞行员培训学校学习驾驶飞机。

　　根据"基地"组织的指示，阿塔他们怀揣着大量的美元和一本厚厚的"基地"组织《恐怖手册》，悄悄返回了德国，随后立即挂失了护照，抹去了前往阿富汗的经历，接着潜入了美国，以飞行学员的身份出现在佛罗里达州威尼斯的霍夫曼飞行学校。一场震惊世界的阴谋就这样拉开了帷幕。

　　美丽的墨西哥湾并没有令阿塔陶醉，反而使他心中仇恨的火焰越烧越旺。当他驾驶着"塞斯纳"教练机飞进云端的时候，嘴角不禁泛起了一丝冷笑：等着吧，美国佬，用不了多久你们就会知道我的厉害了！

结束了四个月的飞行培训，阿塔和谢哈如愿以偿地拿到了飞行执照，然后来到佛罗里达的奥帕洛卡机场，租了波音型飞机模拟器连续练习了6个小时的空中转向。

这期间，贾拉和另外一名恐怖分子也顺利通过了飞行员考试，与此同时，"基地"组织提供的近50万美元的活动经费已经分期分批流进了美国。

2001年7月，阿塔等人为了确保行动万无一失，来到了西班牙的萨洛。这里是"基地"组织的欧洲联络地，因为有许多阿拉伯的度假者在这里旅游，所以任何行动都不会引起政府特工的怀疑。

在与事件的幕后策划者哈里德多次谈话之后，阿塔把袭击目标放在了美国纽约世贸中心和华盛顿五角大楼。

此时，美国的情报部门通过电子侦察和电话拦截，已经有所察觉了，他们预感可能有事发生，但由于恐怖分子通话是用阿拉伯语讲的，联邦调查局缺少翻译，因此情报没有被及时翻译出来。正是这个天大的疏忽，才使得阿塔等人的阴谋一步步得逞。

行动的日期定在了2001年9月11日，阿塔等人一边焦急地等待着，一边精心设计着行动时的所有细节。他们买到了9月11日从波士顿、纽瓦克和华盛顿特区起飞的早班机票，为了不出现意外，他们选择了穿越美国大陆飞往西海岸的波音767，不光是飞机起飞间隔时间短，更主要的是这种飞机往往携带了足够的燃油，一旦爆炸，威力无比巨大。

2001年9月11日清晨，阿塔从睡梦中醒来，站在旅馆的窗口前，冷漠地注视着远方，脸上的神情诡异得令人窒息。窗外人来人往，人们都在为生活奔忙着，谁也想不到，几个钟头之后，这种平静的生活将从此改变。

7点10分，阿塔从容不迫地离开了旅馆，踏上了他的死亡之行。

波士顿洛根国际机场的26号登机口门前，聚集着81名乘客，他们将在美国东部时间7点59分坐上美国航空公司的F-11次航班飞往洛杉矶。阿塔和他的同伴就混在其中。

另一个登机口处，谢哈和其他4名恐怖分子也登上了联合航空公司的F-175次航班。

与此同时，在纽瓦克机场，贾拉也带着他的小组登上了联合航空公司的F-93次航班；还有几名恐怖分子在华盛顿杜勒斯国际机场，登上了美国航空公司的F-77次航班。

7点59分，F-11次班机腾空而起，驶向了一条不归路。8点27分，美国航空公司航运指挥中心接到了从F-11次班机上发出的求救电话：飞机上有人被杀了，劫机者闯入了驾驶舱！

没等指挥中心回答，F-11次班机突然改变了航向，向纽约方向飞去。

19分钟后，这架由恐怖分子阿塔驾驶的波音767撞进了纽约市最高的建筑物——世界贸易中心北楼的北侧96层！只听一声巨响，大楼被撞出了一个大洞，飞机的残骸随着爆炸四处飞散。

马路上的行人被这突发的事情惊呆了，没等他们缓过神，从西北方又呼啸而来一架飞机，一头撞在世贸大楼南侧，一团火球伴着浓烟向外爆开，如同原子弹爆炸一样。

这便是震惊世界的"9·11"事件，是美国有史以来遭遇到的最严重的恐怖袭击，有超过3 000人在这场灾难中丧命。为此，世界的人民都义愤填膺，全球迅速展开了一轮新的反恐怖主义的战斗。